全唐詩話

〔宋〕尤袤 撰

拾瑶叢書

上册

文物出版社

圖書在版編目（CIP）數據

全唐詩話 / (宋) 尤袤撰. -- 北京 : 文物出版社,
2020.7
（拾瑶叢書 / 鄧占平主編）
ISBN 978-7-5010-6441-0

Ⅰ. ①全… Ⅱ. ①尤… Ⅲ. ①唐詩 – 詩歌研究 Ⅳ
①I207.227.42

中國版本圖書館CIP數據核字(2019)第275291號

全唐詩話 〔宋〕尤袤　撰

主　　編：鄧占平
策　　劃：尚論聰　楊麗麗
責任編輯：李縉雲　劉良函
責任印製：蘇　林

出版發行：文物出版社
社　　址：北京市東直門内北小街2號樓
郵　　編：100007
網　　址：http://www.wenwu.com
郵　　箱：web@wenwu.com
經　　銷：新華書店
印　　刷：藝堂印刷（天津）有限公司
開　　本：710mm × 1000mm　1/16
印　　張：32.75
版　　次：2020年7月第1版
印　　次：2020年7月第1次印刷
書　　號：ISBN 978-7-5010-6441-0
定　　價：198.00圓（全二册）

前言

《全唐詩話》六卷，宋尤袤撰。清乾隆三十五年（一七七〇）刻《歷代詩話》叢書本。半頁九行，行十八字。黑口，左右雙邊。

尤袤（一一二七—一一九四），字延之，小字季長，號遂初居士，晚號樂溪、木石老逸民，常州無錫（今江蘇無錫）人。紹興二十一年（一一五一）進士，初爲泰興令，孝宗朝爲大宗正丞，累遷至太常少卿，權充禮部侍郎兼修国史，又曾權中書舍人兼直學士。光宗朝爲焕章閣侍制、給事中，後授禮部尚書兼侍讀。卒謚『文簡』。撰有《梁溪集》，已佚。

《全唐詩話》今存有三卷、六卷、八卷和十卷本，此爲六卷本，前存遂初堂書『全唐詩話原序』，曰：『余少有詩癖。歲在甲午，奉祠河曲，日與四方勝游，專意吟事，大概與唐人詩誦之尤習。間又褒話録之纂記，益朋友之見聞，彙而書之，名曰《全唐詩話》。未幾，驅馳於外，此事便廢，邇來三十有八年矣。今又蒙恩便養河曲，因理故篋，復得是編。披覽慨然，恍如疇昔浩歌縱談時也。唐自貞觀來，雖尚有六朝聲病，而氣韵雄深，駸駸古意。開元、元和之盛，遂可追配《風雅》。迨會昌而後，刻露華靡盡矣。往往觀世變者於此有感焉。徒詩云乎哉！』詳述此集形成之經過，然末尾落款『咸淳辛未（一二七一）』則與其生卒年不符，故有學者提出异議，《四庫全書總目提要》中亦指出『考袤爲紹興二十一年進士，以光宗時卒，而自序年月乃題咸淳，時代殊不相及。校驗其文，皆與計有功《唐詩紀事》相同。紀事之例，凡詩爲唐人采入總集者，皆云右某取爲某集。此本張籍條下尚未及删此一句，則其爲後人剌取影撰，更無疑義。考周密《齊東野語》載賈似道所著諸書，此居其一。蓋似道假手廖瑩中，而瑩中又剽竊舊文，塗飾塞責。後人惡似道之奸，改題袤名，以便行世。遂致僞書之中又增一僞撰人耳。毛晋不爲考核，刻之《津逮秘書》中，疏以甚矣』。疑本書編者爲賈似道。近有文《〈全唐詩話〉作者考》，經多角度分析，考訂其編者既非尤袤，又非賈似道，而是尤袤之孫尤焴（一一九〇—一二七二），字伯晦，號木石，嘉定元年（一二〇八）進士。理宗端平初徵爲將作監主簿，後爲淮西帥，以儒者守邊，恩威兼施。累進禮部尚書，拜端明殿大學士，提舉秘書省提綱史事。

《全唐詩話》收唐季三百二十家詩事，內文多與南宋計有功編《唐詩紀事》相同，後者凡八十一卷，收诗人一千一百五十餘家，此作僅六卷，對其進行了删繁就簡。卷端下題『宋尤袤著，後學何文焕訂』。何文焕（一七三二—一八〇八），字少眉，號也夫，乾隆年間嘉善人，諸生。著有《無補集》，編有《歷代詩話》，共收自南朝梁鍾嶸《詩品》，唐司空圖《二十四詩品》至明代的二十七种詩話。其中，卷四丁稜、姚鵠内容闕如，名下標有『（原闕）』。此書儘管以《唐詩紀事》爲基礎，仅着重对大家名篇采擷，亦顾及僧人、妇女乃至地位低微者之佳作，但删繁就簡過程中，不收李白、杜甫等人仕履诗事，較爲怪异，反而收入白居易詩事二篇，其因是《唐詩紀事》中卷三十八末與卷三十九皆爲白居易文，《全唐詩話》收録時將其分爲兩篇，并分别安排於卷二和卷三末，由此導致此集看似收録三百二十一家。此外，對個别文字亦有改動。

《全唐詩話》六卷本於明嘉靖、萬曆、崇禎及清季均有單本刊刻，此爲清乾隆三十五年

（一七七〇）刻《歷代詩話》叢書本，版面清晰，刊刻精良。避康熙帝玄燁諱，改『玄』爲『元』或缺筆。中國國家圖書館、中國社會科學院圖書館、上海圖書館、南京圖書館、遼寧省圖書館均有藏本。此次出版，以中國國家圖書館藏本爲底本影印。

中國國家圖書館　薩仁高娃

二〇一九年十二月

全唐詩話原序

余少有詩癖歲在甲午奉祠河曲日與四方勝游尋意吟事大槩與唐人詩誦之尤習聞又褎話録之纂記葢朋友之見聞彙而書之名曰全唐詩話未幾驅馳於外此事便廢邇來三十有八年矣今又蒙恩便養河曲因理故篋復得是編披覽慨然恍如疇昔浩歌縱談時也唐自貞觀來雖尚有六朝聲病而氣韻雄深駸駸古意開元元和之盛遂可追配風雅迨會昌而後刻

露華靡盡矣往往觀世變者於此有感焉徒詩
云乎哉咸淳辛未重陽日遂初堂書

全唐詩話目録

卷一

竇叔向　竇常
竇鞏　常建
李約　陳通方
楊炎　裴度
韓愈　張籍
李道昌　陸暢
李翺　孟郊
劉乂　楊巨源
歐陽詹　袁高

蘇郁　韋丹
王播　周匡物
劉言史　劉猛
李餘　李涉
劉昭禹　孫昌允
嚴休復　朱慶餘
楊虞卿　楊汝士
張志和　嚴維
李播　李德裕

李商隱　劉得仁
王智興　馬戴
鄭顥　李羣玉
温庭筠　王起
丁棱　姚鵠
蒯希逸　黄頗
鄭畋　李彙征
劉威　崔郊
來鵠　杜牧

劉魯風　褚載
汪遵　盧渥
滕倪　費冠卿
李鄘　薛能
曹鄴　聶夷中
張林　崔塗
章碣　方干
衛準　司空圖
秦韜玉　高駢

卷六

僧雲表　僧貫休
僧齊己　僧西蟾
僧清塞　僧文益
僧修睦　僧景雲
僧可止　僧卿雲
僧處默　僧澹交
僧若虛　僧曇域
僧懷浦　僧慕幽
僧尚顏　開元宮人

終

全唐詩話卷之一

宋 尤袤 著
後學 何文煥 訂

太宗

貞觀六年九月帝幸慶善宮帝生時故宅也因與貴臣宴賦詩起居郎請平宮商被之管絃命曰功成慶善樂使童子八佾爲九功之舞大宴會與破陣舞偕奏于庭

帝嘗作宮體詩使虞世南賡和世南曰聖作誠

工然體非雅正上有所好下必有甚焉恐此詩一傳天下風靡不敢奉詔帝曰朕試卿尒後帝爲詩一篇述古興亡旣而嘆曰鍾子期死伯牙不復鼓琴朕此詩何所示邪敕褚遂良即世南靈座焚之

貞觀二十年秋帝幸靈州時破薛延陁回紇諸部遣使入貢乞置官司上爲詩序其事曰雪恥酬百王除凶報千古公卿請勒石于靈州從之

高宗

太平公主武后所生后愛之傾諸女帝擇薛紹尚之假萬年縣爲婚館門隘不能容翟車有司毀垣以入自興安門設燎相屬道樾爲枯當時羣臣劉禕之詩云夢（一作蔓）梓光青陛穠桃藹紫宮元萬頃云離元應春夕帝子降秋期任奉古云帝子升青陛王姬降紫宸郭正一云桂宮初服冕蘭掖早生笄皆納妃出降之意也

中宗

九月九日幸臨渭亭登高作云九日正乘秋三

盃興已周泛桂迎罇滿吹花向酒浮長房萸早熟彭澤菊初收何藉龍沙上方得恣淹留時景龍三年也序云陶潛盈把既浮九醞之歡畢卓持螯須盡一生之興人題四韻同賦五言其最後成罰之引滿韋安石得枝字云金風飄菊蕊玉露泣萸枝蘇瓌得暉字云恩深答效淺留醉奉宸暉李嶠得歡字云令節三秋晚重陽九日歡蕭至忠得餘字云寵極萸房徧恩深菊酎餘竇希玠得明字云九辰陪聖膳萬歲奉承明韋

嗣立得深字云願陪歡樂事長與歲時深李迥秀得風字云霽雲開曉日儛藻麗秋風趙伯彥得花字云簪挂丹萸蘂盃銜紫菊花楊廉得亭字云遠日瞰秦埛重陽坐灞亭岑羲得溪字云宴豫矚秦坰昇高臨灞溪盧藏用得開字云萸依珮裏發菊向酒邊開李咸得直字云菊黄迎酒泛松翠凌霜直閻朝隱得筵字云簪紱趨皇極笙歌接御筵沈佺期得長字云臣歡重九慶日月奉天長薛稷得歷字云願陪九九辰長奉

千千歷蘓頲得時字云年數登高日延齡命賞時李乂得濃字云捧篋萸香徧稱觴菊氣濃馬懷素得酒字云蘭將茱布席菊用香浮酒陸景初得臣字云登高識漢苑問道侍軒臣韋元旦得月字云雲物開千里天行乘九月李適得高字云禁苑秋光入宸遊霽色高鄭南金得日字云風起韻虞絃雲開吐堯日于經野得樽字云桂筵羅玉俎菊醴泛芳樽盧懷愼得還字云鶴佀聞琴至人疑宴鎬還是宴也韋安石蘓瓌詩

先成于經野盧懷慎最後成罰酒
十月帝誕辰内殿宴聯句潤色鴻業寄賢才帝
云叨居右弼愧鹽梅李嶠運籌帷幄荷時來宗
楚客職掌圖籍濫蓬萊劉憲兩司謬忝謝鍾裴
崔湜禮樂銓管效塵埃鄭愔陳師振旅清九垓
趙彥昭忻承頤問侍天杯李適銜恩獻壽柏梁
臺蘇頲黄纁青簡奉康哉盧藏用宗伯秩禮天
地開薛稷帝歌難續仰昭回宋之問微臣捧日
變寒灰遠慚班左愧游陪上官婕妤帝謂侍臣

曰今天下無事朝野多懽欲與卿等詞人時賦詩宴樂可識朕意不須惜醉大學士李嶠宗楚客等跪奏曰臣等多幸同遇昌期謬以不才策名文館思勵駑朽庶裨河嶽既陪天歡不敢不醉此後每遊別殿幸離宮駐蹕芳苑鳴笳仙禁或戚里宸筵王門邑集無不畢從景龍四年正月五日御大明殿會吐蕃騎馬之戲因重爲柏梁體聯句帝曰大明御宇臨萬方皇后曰顧慚内政翊陶唐長寧公主曰鸞鳴鳳舞向平陽安

樂公主曰秦樓魯館沐恩光太平公主曰無心爲子輙求郎温王重茂曰雄才七步謝陳王昭容上官曰當熊讓輦愧前芳吏部侍郎崔湜曰再司銓管恩何忘著作郎鄭愔曰文江學海恩濟航考功員外郎武平一曰萬邦考績臣所詳著作郎閻朝隱曰著作不休出中腸時上疑御史大夫竇從一将作大匠宗晉卿素不屬文未即令續二人固請許之從一曰權豪屛迹肅嚴霜晉卿曰鑄鼎開嶽造明堂此外遺忘時吐蕃

舍人明悉獵請令援筆与之曰玉醴由来獻壽觴上大悦賜与衣服

元宗

左丞相說右丞相璟太子少傅乾曜同上官命宴東堂賜詩云赤帝收三傑黄軒舉二臣由来丞相重分掌國之鈞裁有握中璧雙飛席上珎子房推要道仲子訏風神復輟台衡老將爲調護人鵷鸞同拜日車騎擁行塵樂聚南宮宴觴連北斗醇俾余成百揆垂拱問彜倫

開元十六年帝自擇廷臣爲諸州刺史許景先治虢州源光裕鄭州冦泚宋州鄭温琦邠州袁仁恭杭州崔志廉襄州李昇期邢州鄭放定州蔣挺湖州裴觀滄州崔成遂州凡十一人行詔宰相諸王御史以上祖道洛濱盛具奏太常樂帛舫水嬉命高力士賜詩令題座右帝親書且給筆紙令自賦賚絹三千遣之

帝詩云眷言思共理鑒寐想惟良猗与此推擇聲績著周行賢能既俟進黎獻實佇康視人當

如子愛人亦如傷講學試誦詩阡陌勸畊桒虗譽不可飾清知不可忘求名迹易見安直德自彰獄訟必以情教民貴有常恤惸且存老撫弱復綏強勉哉各祗命知予眷萬方

德宗

貞元四年九月賜宴曲江亭帝爲詩序曰朕在位僅將十載實賴忠賢左右克致小康是以擇三令節錫茲宴賞俾大夫卿士得同懽洽也夫共其慼者同其休有其初者貴其終咨尒羣僚

順朕不暇樂而能節職思其憂咸若時則庶乎理矣因重陽之會聊示所懷詩云早衣對庭燎躬化勤意誠時此萬幾暇適與佳節并曲池潔寒流芳菊含金英乾坤爽氣澄臺殿秋光清朝野慶年豐高會多懽聲永懷無荒戒良事同期情因詔曰卿等重陽宴會朕想歡洽欣慰良多情發于中因製詩序令賜卿等一本可中書門下簡定文詞士三五十人應制同用清字明日内于延英門進來宰臣李泌等雖奉詔簡擇羅

于取舍由是百僚皆和上自考其詩以劉太真及李紓等四人爲上等鮑防于邵等四人爲次等張濛殷亮等二十三人爲下等而李晟馬燧李泌三宰相之詩不加考第

韋綬以内相感心疾罷還第帝九日作黄菊歌顧左右曰安可不示韋綬遣使持往綬遂奉和附使進帝曰爲文不已豈頤養邪勑曰自今勿復尒

文宗

裴度拜中書令以疾未任朝謝上巳曲江賜宴
羣臣賦詩帝遣中使賜度詩曰注想待元老識
君恨不早我家柱石衰憂来學其禱仍賜御札
曰朕詩集中欲得見卿唱和詩故令示此卿疾
未差可他日進来御札及門而度薨
帝聽政暇博覽群書一日延英顧問宰相詩云
呦呦鹿鳴食野之苹苹是何草時宰相楊珏楊
嗣復陳夷行相顧未對珏曰臣按爾雅苹是藾
蕭上曰朕看毛詩疏葉圓而花白叢生野中似

非籟簫

又一日問宰臣古詩云輕衫襯跳脫跳脫是何物宰臣未對上曰即今之腕釧也真誥言安妃有斲粟金跳脫是臂飾

嘗吟杜甫曲江篇云江頭宮殿鎖千門細柳新蒲爲誰綠乃知天寶以前樓臺之盛鄭注乃命神策軍淘曲江昆明二池許公卿立亭館兩軍造紫雲樓彩霞亭內出樓額賜之

宣宗

帝好進士及第每對朝臣問及苟有科名對者必大喜便問所試詩賦題目并主司姓名或佳人物偶不中第必歎息移時嘗于內自題鄉貢進士李道龍白居易之死帝以詩弔之曰綴玉聯珠六十年誰教冥路作詩仙浮雲不繫名居易造化無爲字樂天童子解吟長恨曲胡兒能唱琵琶篇文章已滿行人耳一度思卿一愴然帝製泰邊陲曲其詞曰海岳咸通及帝垂拱而年號咸通爲庶子裴悍進詩賀聖政有太康字

帝怒曰太康失邦乃以比我戶部韋渙奏云晉平吳踰改號太康雖有失邦之言乃見歸美之文上曰天子大須博覽不然幾錯罪惲

舊制盛春內殿賜宴三日帝妙音律每先裁製新曲俾禁中女伶迭相教授至是出宮女數百分行連袂而歌其曲有曰播皇猷者率高冠方履褒衣博帶趨走俛仰皆合規矩于于然有唐堯之風焉有曰蔥女踏歌隊者率言蔥嶺之士樂河湟故地歸國復爲唐民也若霓裳曲者皆

執節旛被羽服態度凝碧飄ゝ然有翔雲舞隺見左右如是數十曲流傳民间出令狐澄貞陵遺事

昭宗

陝府唐昭宗有詩云安得有英雄迎歸大内中或曰逍遥樓有太宗詩云昔乘匹馬去今驅萬乘来志意不併矣

武后

天授二年臘卿相欲詐稱花發請幸上苑有所謀也許之尋疑有異圖先遣使宣詔曰明朝遊

上苑火急報春知花須連夜發莫待曉風吹於是淩晨名花布苑羣臣咸服其異后託術以移唐祚此皆妖妄不足信也凡太后之詩文皆元萬頃崔融輩爲之

萬歲通天元年鑄九鼎成置于東都明堂之庭后自製曳鼎歌令曳鼎者唱和開元二年太子賓客薛謙光獻東都九鼎銘其蔡州鼎銘武后所製文曰羲農首出軒昊膺期唐虞繼踵湯禹乘時天下光宅域內雍熙上元降靈方建隆基

紫薇令姚崇奏曰聖人啓運休兆必彰請宣布
史館明皇御名已兆于此

徐賢妃

貞觀二十三年上疏諫太宗息兵罷役其畧曰
大業者易驕願陛下難之善始者難終願陛下
易之又曰漆器非延叛之方桀造之而人叛玉
杯豈招亡之術紂用之而國亡侈麗之源不可
不遏作法于儉猶恐其奢作法于奢何以制後

上官昭容

張說作昭容文集序云古者有女史記功書過有女尚書決事宮闈昭容兩朝專美一日萬幾顧問不遺應接如響雖漢稱班媛晉譽左嬪文章之道不殊輔佐之功則異迹秘九天之上身沒重泉之下嘉猷令範代罕得聞庶姬後學嗚呼可仰然則大君據四海之圖懸百靈之命喜則九圍挾纊怒則千里流血靜則黔黎乂安動則蒼甿罷弊入耳之語諒其難乎貴而勢大者疑賤而禮絶者隔近而言輕者忽遠而意忠者

忤惟窮窕柔曼誘掖善心忘味九德之衢傾情六藝之圃故登崑巡海之意寢剪胡刈越之威息璇臺珎服之態消從禽嗜樂之端廢獨使溫柔之教漸于生人風雅之聲流于來葉非夫元黄龢粹正明助思衆妙扶識羣靈挾志誕異人之寶授興王之瑞其孰能臻斯懿乎鎮國太平公主道高帝妹才重天人昔嘗共游東壁同宴北海倏來忽往物在人亡憫雕琯之殘言悲素扇之空曲上聞天子求椒房之故事有命史臣

敘蘭臺之新集

中宗正月晦日幸昆明池賦詩羣臣應制百餘篇帳殿前結綵樓命昭容選一篇爲新翻御製曲從臣悉集其下須臾紙落如飛各認其名而懷之既退惟沈宋二詩不下移時一紙飛墜競取而觀乃沈詩也及聞其評曰二詩工力悉敵沈詩落句云微臣雕朽質羞睹豫章才蓋詞氣已竭宋詩云不愁明月盡自有夜珠來猶陟健豪舉沈乃伏不敢復争宋之問詩曰春豫靈池近

滄波帳殿開舟凌石鯨動槎拂斗牛回節晦蓂
全落沓遲柳暗催象溟看浴景燒劫辯沈灰鎬
飲周文樂汾歌漢武才不愁明月盡自有夜珠來」
昭容名婉兒西臺侍郎儀之孫父廷芝與儀死
武后時母鄭方娠夢巨人畀大秤曰持此秤量
天下昭容生踰月母戲曰秤量者豈汝邪輙啞
然應後內秉機政符其夢云自通天以來內掌
詔命中宗立進拜昭容帝引名儒賜宴賦詩婉
兒常代帝及后長寧安樂二公主衆篇並作而

采麗益新又差第羣臣所賦賜金爵故朝廷靡然成風當時屬詞大抵浮靡然皆有可觀昭容力也韋后之敗斬闕下

孔紹安

大業末爲監察御史高祖爲隋討賊河東紹安監其軍深見接遇高祖受禪紹安自洛陽間行来奔高祖大悦拜内史舍人時夏侯端亦嘗爲御史先来歸紹安授秘書監因侍宴詠石榴有詆為時来晚開花不見春之句武德中令狐德

棻欲補正歷代史詔各差官主脩一代紹安以中書舍人與崔善爲蕭德言主梁多歷年不能就皆罷之紹安在隋時与孫萬壽以文詞稱時謂孔孫

虞世南

顏師古隋朝遺事載洛陽獻合蔕迎輦花煬帝令袁寶兒持之號司花女時詔世南草征遼指揮德音敕于帝側寶兒注視久之帝曰昔傳飛燕可掌上舞今得寶兒方昭前事然多憨態今

注目于卿卿才人可便嘲之世南爲絶句曰學畫鵶黄半未成垂肩嚲袖太憨生緣憨却得君王惜長把花枝傍輦行

魏徵

太宗在洛陽宫幸積翠池宴酣各賦一事帝賦尚書曰日昃翫百篇臨燈披五典夏康既逸豫商辛亦荒湎恣情昏主多克己明君鮮滅身資累惡成名由積善徵賦西漢曰受降臨軹道爭長趣鴻門驅傳渭橋上觀兵細柳屯夜宴經柏

谷朝遊出杜原終藉叔孫禮方知皇帝尊帝曰
徵言未嘗不約我以禮

李百藥

百藥七歲能屬文齊中書舍人陸乂嘗過其父
德林有說徐陵文者云藉琅琊之稻坐客並不
識其事百藥進曰傳稱鄅人藉稻注云鄅國在
琅琊開陽縣人皆驚喜曰此兒即神童百藥幼
多病祖母以百藥爲名〻臣之子才行相繼四
海名流莫不宗仰藻思沉鬱尤長五言雖樵童

牧子亦皆吟諷及懸車告老怡然自得穿池鑿山文酒談詠以盡平生之志年八十五先是和太宗帝京篇手詔曰卿何身之老而才之壯齒之宿而意之新乎子安期永徽末遷中書舍人自德林至安期三代掌制誥安期孫羲仲又為中書舍人

長孫無忌

無忌嘲歐陽詢形狀猥陋云聳膊成山字埋肩畏出頭誰令麟閣上畫此一獼猴詢應聲曰縮

頭連背煖漫襠畏肚寒秖緣心渾〻所以面團
團太宗笑曰詢殊不畏皇后耶

王勃

太宗嘗謂唐儉酒杯流行發言可喜是時天下
初定君臣俱欲無爲酒杯善謔理亦有之高宗
雖不君然亦深察事機當時諸王鬥雞王勃在
沛王府戲爲文檄英王帝見之大怒曰此殆交
鬭之漸即日竄勃以太宗之賢杯酒一時之樂
何足爲後世戒及其獘也中宗詔羣臣曰天下

無事欲與羣臣共樂於是迴波艷詞妖冶之舞
作于文字之臣而縉紳蕩然矣創業之難也一
觴一詠足以肇亂況其甚焉者哉

馬周

凌朝浮江旅思詩云太清初上日春水送孤舟
山遠疑無樹潮平似不流岸花開且落江鳥沒
還浮羈望傷千里長歌遣四愁

李義府

義府初遇以李大亮劉洎之薦太宗名令詠烏

義府曰日裏颺朝彩琴中聞夜啼上林如許樹不借一枝棲帝曰與卿全樹何止一枝

杜淹

杜淹始見袁天綱于洛天綱謂曰蘭臺成就學堂廣寬又曰二十年外終恐責黜蹔去即還武德六年以善隱太子俱配流巂州淹至益州見天綱曰洛邑之言何其神也天綱曰不久即回至九年六月召入天綱曰杜公至京師即得三品要職淹至京拜御史大夫撿校吏部尚書贈

天綱詩曰伊呂深可慕松喬定是虛繫風終不得脫屣欲安如且珍執素美當與薜蘿跡既逢楊得意非復久閑居

蘇味道

趙州蘇味道與里人李嶠號蘇李武后朝爲相世號模稜手

上元云火樹銀花合星橋鐵鎖開暗塵隨馬去明月逐人來游妓皆穠李行歌盡落梅金吾不禁夜玉漏莫相催

駱賓王

世稱王楊盧駱楊盈川之爲文好以古人姓名連用如張平子之畧談陸士衡之所記潘安仁宜其陋矣仲長統何足知之號爲點鬼簿賓王文好以數對如秦地重關一百二漢家離宮三十六號爲筭博士帝京篇曰倏忽摶風生羽翼須臾失浪委泥沙賓王後與徐敬業興兵揚州大敗遁死此其識也

陳子昂

獨異記載子昂初入京不爲人知有賣胡琴者價百萬豪貴傳視無辯者子昂突出顧左右以千緡市之衆驚問答曰余善此樂皆曰可得聞乎曰明日可集宣陽里如期偕往則酒肴畢具置胡琴于前食畢捧琴語曰蜀人陳子昂有文百軸馳走京轂碌碌塵土不爲人知此樂賤工之役豈宜留心舉而碎之以其文軸徧贈會者一日之内聲華溢都時武攸宜爲建安王辟爲書記

李日知

鄭州李日知景龍初為相初安樂公主館第成中宗臨幸燕從官賦詩日知卒章曰所願但知居者樂無使時稱作者勞獨以規戒睿宗他日謂曰向時雖朕亦不敢諫非卿亮直何能尒即拜侍郎

李景伯

景伯中宗宰相懐遠之子景龍初為諫議大夫中宗宴侍臣酒酣各命為迴波辭景伯獨為箴

規帝不悅蕭至忠曰真諫官也迴波詞曰迴波
尒時酒巵微臣職在箴規侍宴既過三爵諠譁
切恐非儀

崔融

久視元年改控鶴府爲奉宸府張易之爲奉宸
令引詞人爲供奉侫者奏云昌宗王子晉後身
令被羽衣吹簫乘木鶴奏樂于庭融賦詩爲絶
唱有昔遇浮邱伯今同丁令威中郎才貌是藏
史姓名非之句後與宰相蘇味道相誚云融詩

所以不及相公無銀花合蘸有詩云火樹銀花
合味道云子詩雖無銀花合還有金銅丁取令
威之句也

李適

初中宗景龍二年始于脩文館置大學士四員
學士八員直學士十二員象四時八節十二月
于是李嶠宗楚客趙彥昭韋嗣立爲大學士李
適劉憲崔湜鄭愔盧藏用李乂岑羲劉子元爲
學士薛稷馬懷素宋之問武平一杜審言沈佺

期閣朝隱爲直學士又名徐堅韋元旦徐彥伯劉允濟等滿員其後被選者不一凡天子饗會游豫惟宰相直學士得從春幸黎園並渭水祓除則賜柳圈辟癘夏宴蒲萄園賜朱櫻秋登慈恩浮圖獻菊花酒稱壽冬幸新豐歷白鹿觀登驪山賜浴湯池給香粉蘭澤從行給翔麟馬品官黃衣各一帝有所感即賦詩學士皆屬和當時人所欽慕然皆狎猥佻佞忘君臣禮法惟以文華取幸若韋元旦劉允濟沈佺期宋之問閻

朝隱等無他稱景龍二年七月七夕御兩儀殿
賦詩李嶠獻詩云誰言七襄詠流入五絃歌是日李行言唱步虛歌九月幸慈恩寺塔上官氏獻詩羣臣
並賦閏九月幸總持登浮圖李嶠等獻詩十月
三日幸三會寺十一月十五日中宗誕辰内殿
聯句為柏梁體二十一日安樂公主出降武延
秀是月以婕妤上官氏為昭容十二月六日上
幸薦福寺鄭愔詩先成舊邸三乘闢是也宋之問後進駕象法三歸是也立春侍宴賦詩二十一日幸臨渭亭

李嶠等應制三十日幸長安故城十二月晦諸學士入閣守歲以皇后乳母戲適御史大夫竇從一往來其家遂有國爹之號三年元日清暉閣登高遇雪宗楚客詩云蓬萊雪作山是也因賜金綵人勝李嶠等七言詩千鍾聖酒御筵披是也是日甚懽上令學士遞起屢舞至沈佺期賦迴波有齒録牙緋之語晦日幸昆明池宋之問詩自有夜珠來之句至今傳之二月八日送沙門元奘等歸荆州李嶠等賦詩十一日幸太平公主南莊七月幸望

春宮送朔方節度張仁亶赴軍八月三日幸安樂公主西莊九月九日幸臨渭亭分韻賦詩韋安石先成十一月一日安樂公主入新宅賦詩十五日中宗誕辰長寧公主滿月李嶠詩神龍見象日儛鳳養雛年是也二十三日南郊徐彥伯上南郊賦十二月十二日幸溫泉宮勅蒲州刺史徐彥伯入仗同學士例因與武平一等五人獻詩上官昭容獻七言絕句三首十四日幸韋嗣立莊拜嗣立逍遙公名其居曰清虛原幽棲谷

十五日幸白鹿觀十八日遊秦始皇陵四年正月朔賜羣臣柏樹五日蓬萊宮宴吐蕃使因爲柏梁體吐蕃舍人亦賦七日重宴大明殿賜綵鏤人勝又觀打毬八日立春賜綵花二十九日晦幸滻水二月一日送金城公主三日幸司農少卿王光輔莊是夕岑羲設茗飲討論經史武平一論春秋崔日用請北面日用贈武平一歌曰彼名流兮左氏癖意元遠兮冠今夕二十一日張仁亶至自朔方宴于桃花園賦七言詩明日宴承

慶殿李嶠等賦桃花園詞曰歸桃花行三月一日清明幸梨園命侍臣爲拔河之戲三日上巳祓禊于渭濱賦七言詩賜細柳圈八日令學士尋勝同宴于禮部尚書竇希琳亭賦詩張說爲之序十一日宴于昭容之別院二十七日李嶠入都祔廟徐彥伯等餞之賦詩四月一日幸長寧公主莊六日幸興慶池觀競度之戲其日過希琳宅學士賦詩二十九日御宴祝欽明爲八風舞諸學士曰祝公斯舉五經掃地盡矣睿宗

時道士司馬承禎還天台適贈詩詞甚美朝士屬和三百餘人徐彥伯編爲白雲記

徐彥伯

徐彥伯爲文多變易求新以鳳閣爲鵷閣龍門爲虬戸金谷爲銑溪玉山爲瓊岳竹馬爲篠驂月兎爲魄兎進士效之謂之澁體

李嶠

皮日休松窓録云中宗嘗名宰相蘇瓌李嶠之子進見時皆同年帝謂曰汝等各以所通書取

宜奏者爲我言之頲應曰木從繩則正后從諫則聖嶠之子忘其名亦奏曰斮朝涉之脛剖賢人之心帝曰蘇瓌有子李嶠無後

蘇頲

長安盛春遊頲製詩云飛埃結紅霧遊蓋飄青雲明皇嘉賞以御花親插其巾上時榮之

沈佺期

張燕公說嘗謂佺期曰沈三兄詩須還他第一佺期字雲卿相州人除給事中考功郎受賍劾

未究會張易之敗遂長流驩州稍遷台州錄事參軍入計台見拜起居郎兼修文直學士侍宴爲弄詞悅帝賜牙緋辱爲太子詹事開元初卒佺期迴波樂詞云迴波尒時佺期流向嶺外生歸身名已蒙齒錄袍笏未復牙緋

魏建安後訖江左詩律屢變至沈約庾信以音韻相婉附屬對精密及宋之問沈佺期又加靡麗回忌聲病約句準篇如錦繡成文學者宗之號爲沈宋語曰蘇李居前沈宋比肩謂蘇武李陵也

李行言

景龍中中宗引近臣宴集令各獻伎爲樂張錫爲談容娘舞宗晉卿舞渾脱張洽舞黄麞杜元琰誦婆羅門咒行言唱駕車西河盧藏用效道士上章國子司業郭山惲請誦古詩兩篇誦鹿鳴蟋蟀未畢李嶠以詩有好樂無荒之語止之行言隴西人兼文學幹事函谷關詩爲時人所許中宗時爲給事中能唱步虚歌帝七月七日御兩儀殿會宴帝命爲之行言于御前長跪作

三洞道士青詞歌曲貌偉聲暢上頻嘆美

張元一

武后朝左司郎中張元一善滑稽時西戎犯邊武懿宗統兵禦之至邠畏懦而遯元一嘲曰長弓短度箭蜀馬臨高騙去賊七百里隈墻獨自戰忽前逢著賊騎猪向南竄則天未曉曰懿宗無馬邪元一曰騎猪夾豕也則天大笑后嘗問元一外有何事曰有三慶旱而雨洛橋成部洪霸死洪霸酷吏也

劉希夷

劉希夷一名庭芝汝州人少有文華好為宮體詩詞旨悲苦不為時人所重善彈琵琶嘗為白頭翁詠云今年花落顔色改明年花開復誰在既而自悔曰我此詩讖與石崇白首同所歸何異乃更作一聯云年年歲歲花相似歲歲年年人不同既而又嘆曰此句復似向讖矣然死生有命豈復由此即兩存之詩成未周歲為奸人所殺或云宋之問害之後孫翌撰正聲集以

希夷詩爲集中之最由是大爲人所稱或云之問害希夷以洛陽篇爲己作至今載此篇在之問集中

張敬忠

先天中王主敬爲侍御史自以才望華妙當入省臺前行忽除膳部員外郎微有悵惋吏部郎中張敬忠戲詠曰有意嫌兵部專心望考功誰知脚蹭蹬幾落省墻東蓋膳部在省最東北隅也

張説

張説謫岳州常鬱鬱不樂時宰相以説機辯才畧互相排擯蘓頲方大用説與瓌善説曰爲五君詠致書封其詩以貽頲誡其使曰當候忌日近暮送之使者近暮至弔客多説先公僚舊頲覽詩嗚咽流涕翌日上對大陳説忠正謇諤人望所屬不宜淪滯遐方上曰降璽書勞問俄遷荆州長史由是陸象先韋嗣立張庭珪賈曾皆以讜逐歲久日加甄叙頲以父之執友事之甚謹

王泠然上燕公書云詩云投我以木瓜報之以瓊琚此言雖小可以喻大相公五君詠曰凄涼丞相府餘慶在元成蘓公一聞此詩移公于荆府積漸至相由蘓得也今蘓屈居益部公坐廟堂投木報瓊義將安在亦可舉蘓以自代然後爲朔方之行泠然書又曰相公岳陽樓送别詩云誰念三千里江潭一老翁今日忘往日之棲遅貪暮年之富貴可乎

宋璟

劉禹錫獻權舍人書曰昔宋廣平之沈下僚也蘊公味道時爲繡衣直指使者廣平投以梅花賦蘊公盛稱之自是方列于聞人之目名遂振鳴呼以廣平之才未爲是賦則蘊公未暇知其人邪將廣平困于窮阨于蹭蹬然後爲是文邪是知英賢卓犖可外文字然猶用片言借說于先達之口席其勢而後驤首當時矧碌碌者疇能自異

王灣

王灣登先天進士第開元初爲滎陽主簿馬懷素欲校正羣籍灣在選中各部撰次後爲洛陽尉商璠云灣詞翰早著爲天下所稱最者不過一二遊吳中江南意云海日生殘夜江春入舊年詩人以來無聞此句張公居相府手題于政事堂每示能文令爲楷式又擣衣篇云月華照杵空悲妾風響傳砧不見君所有衆製類咸若斯非張蔡輩之未見覺顏謝之弥遠乎江南意云南國多新意東行伺早天潮平兩岸失風正

一帆懸海日生残夜江春入舊年從来觀氣象唯向此中偏

姚崇

口箴云君子欲訥吉人寡辭利口作戒長舌爲詩斯言不善千里違之勿謂可復駟馬難追惟静惟默澄神之極去甚去泰居物之外多言多失多事多害聲繁則淫音希則大室本無暗垣亦有耳何言者天成蹊者李似不能言爲世所尊言不出口冠時之首無掉尒舌以速尒咎無

易尒言亦乳之醜欽之謹之可大可久欽之伊何三命而走謹之伊何三緘其口勉哉夫子行矣勉旃書之屋壁以代韋弦

李德裕舌箴序曰予宿于洞庭西夢与中書令姚公偶坐如舊相識問余曰君見僕所作口箴乎余對曰去歲居守東門于公曾孫諫議郤處覩金石之刻遂莞尒而笑曰孫子猶能藏之又曰余感姚公之夢乃爲舌箴云

趙仁奬

令乘驄馬去丞脫繡衣來仁奬送上蔡令潘好禮拜御史詩也或毀其假手蓋仁奬在王戎墓側善歌黃麞景龍中負薪詣闕云助國調鼎即除臺官中書令姚崇曰此是黃麞邪授以當州一尉惟以黃麞自衒宋務先嘲之曰趙仁奬出王戎墓下入朱博臺中舍彼負薪登玆列柏行人不避驄馬坐客惟聽黃麞忽一夫負兩束薪曰此合拜殿中人問其由曰趙以一束拜監察此兩束合授殿中

金昌緒

春怨詩云打却黃鶯兒莫教枝上啼幾回驚妾夢不得到遼西顧陶取此詩爲唐類詩

張九齡

九齡在相位有謇諤匪躬之誠明皇既在位久稍怠庶政每見帝極言得失林甫時方同列陰欲中之將加朔方節度使牛仙客實封九齡稱其不可甚不叶帝旨他日林甫請見屢陳九齡頗懷誹謗于時方秋帝命高力士持白羽扇以

賜將寄意焉九齡惶恐因作賦以獻又爲燕詩以貽林甫曰海燕何微眇乘春亦暫來豈知泥滓賤只見玉堂開繡户時雙入華軒日幾回無心與物競鷹隼莫相猜林甫覽之知其必退恚怒稍解

王維

集異記載王維未冠文章得名妙能琵琶春試之日岐王引至公主第使爲伶人進主前維進新曲號鬱輪袍并出所作主大奇之令宮婢傳

教遂名試官至第諭之作解頭登第
禄山之亂李龜年奔放江潭曾于湘中採訪使
筵上唱云紅豆生南國春来發幾枝贈君多採
擷此物最相思又秋風明月苦相思蕩子從戎
十載餘征人去日慇懃囑歸雁来時數附書此
皆王維所製而梨園唱焉
王維年十七時九日憶山東弟兄云獨在異鄉
為異客每逢佳節倍思親遥知兄弟登高處徧
挿茱萸少一人禄山大會凝碧池梨園弟子欷

歔泣下樂工雷海清擲樂器西向大慟賊支解
于試馬殿維時拘于菩提寺有詩曰萬户傷心
生野烟百僚何日更朝天秋槐落葉深宮裏凝
碧池頭奏管絃後有罪以此詩獲免寧王憲貴
盛寵妓數十人有賣餅之妻纖白明媚王一見
屬意曰厚遺其夫求之寵愛逾等歲餘曰問曰
汝復憶餅師否使見之其妻注視雙淚垂頰若
不勝情時王坐客十餘人皆當時文士無不悽
異王命賦詩維先成云莫以今時寵難忘異日

息看花滿眼淚不共楚王言坐客無敢繼者王乃歸餅師以終其志出本事詩

或説維詠終南山詩譏時也詩曰太一近天都連山接海隅言勢焰盤據朝野也白雲回望合青靄入看無言徒有其表也分野中峰變晴陰衆壑殊言恩澤偏也欲投人處宿隔水問樵夫畏禍深也

商璠云維詩詞秀調雅意新理愜在泉爲珠著壁成繪一字一句皆出常境至如落日山水好

漾舟信歸風又澗芳襲人衣山月映石壁又天寒遠山靜日暮長河急又賤日豈殊衆貴來方悟稀又日暮沙漠陲戰聲烟塵裏詎宵懃于古人也

王縉

王縉九月九日作云莫將邊地比京都八月嚴霜草已枯今日登高樽酒裏不知能有菊花無

賀知章

賀知章年八十六卧病冥然無知疾損上表乞

爲道士還鄉明皇許之捨宅爲觀賜名千秋命其男曾子會稽郡司馬賜鑑湖剡川一曲元乞官湖一曲爲放生池曰賜剡川一曲詔令供帳東門百僚祖餞御製送詩幷敘云天寶三年太子賓客賀知章鑒止足之分抗歸老之疏解組辭榮志期入道朕以其年在遲暮用循掛冠之事俾遂赤松之遊正月五日將歸會稽遂餞東路乃命六卿庶尹大夫供帳青門寵行邁也豈惟崇德尚齒抑亦勵俗勸人無令二疏獨光漢冊乃賦詩贈行詩云

遺榮期入道辭老竟抽簪豈不惜賢達其如高
尚心環中得祕要方外散幽襟獨有青門餞群
英悵別深又云筵開百壺餞詔許二疏歸仙記
題金籙朝章換羽衣悄然承睿藻行路滿光輝

李嘉祐

送王牧往吉州謁王使君云細草綠汀洲王孫
耐薄遊年華初冠帶文體舊弓裘野渡花争
發春塘水亂流使君矜小阮應念倚門愁
仲夏江陰官舍寄裴明府云萬室邊江次孤城

對海安朝霞晴作雨濕氣曉生寒苔色侵衣桁潮痕上井欄題書招茂宰思尒歆辟官

高仲武云嘉祐袁州人振藻天朝大收芳譽中興高流也與錢郎別爲一體往〻涉于齊梁綺美皎丽盖吴均何遜之敵也至于野渡花争發春塘水亂流朝霞晴作雨濕氣曉生寒文華之冠冕也又禪心超忍辱梵語問多羅設使許詢更生孫綽復出窮思極筆未到此境

張均

均丞相説之子也説最鍾愛其情見于岳州別
均之詩説爲丞相知官考均時任中書舍人特
注之曰父教子忠古之善訓祁奚舉午義不務
私至于潤色王言彰施帝載道叅墳典例絶功
常恭聞前烈尤難其任豈以嫌疑敢撓綱紀考
上下均能文爲大理卿祿山盜國爲僞中書令
免死流合浦

王諲

除夜云今夜今宵盡明年明日催寒隨一夜去

春逐五更来氣色空中改容顏暗裏回風光人不覺已著後園梅

孟浩然

皮日休孟亭記云明皇世章句之風大得建安體論者推李翰林杜工部爲尤介其間能不愧者惟我鄉之孟先生也先生之作遇景入詠不拘奇抉異令齷齪束人口者涵涵然有干霄之興若公輸氏當巧而不巧者也北齊美蕭慤芙蓉露下落楊柳月中踈先生則有微雲淡河漢

踈雨滴梧桐樂府美王融日霽沙嶼明風動甘泉燭先生則有氣蒸雲夢澤波動岳陽城謝脁之詩句精者有露濕寒塘草月映清淮流先生則有荷風送香氣竹露滴清響此與古人爭勝於毫釐間也

建德江宿云移舟泊煙渚日暮客愁新野曠天低樹江清月近人

陶峴

陶峴彭澤之孫也開元末家崑山泛遊江湖自

製三舟與孟彥深孟雲卿偕遂共載吳越之士號爲水仙省親南海獲崑崙奴名摩訶善泅水至西塞山下泊舟吉祥佛寺見江水深黑謂必有怪物投劍命摩訶下取久之支體磔裂浮于水上覘流涕迴棹賦詩自叙不復遊江湖矣詩云往廬舊業是誰主吳越新居安此生白髮數莖歸未得青山一望計還成鴉翻楓葉夕陽動鷺立蘆花秋水明從此舍舟何所詣酒旗歌扇正相迎

王昌齡

昌齡字少伯江寧人中第補校書郎又中博學
宏詞科遷汜水尉不護細行世亂還鄉里爲刺
史閭邱曉所殺其詩縝密而思清時謂王江寧
奉帚平明金殿開且將團扇共徘徊玉顔不及
寒鴉色猶帶昭陽日影来

李清

詠石季倫云金谷繁華石季倫只能謀富不謀
身當時縱與緑珠去猶有無窮歌舞人

清登天寶十二年進士第

韓滉

聽樂悵然自述萬事傷心對管絃一身含淚向春烟黃金用盡教歌舞留與他人樂少年

王之渙

出塞詩云黃沙直上白雲間一片孤城萬仞山羌笛何須怨楊柳春風不過玉門關

之渙并州人與兄之咸之賁皆有文天寶間人樂天作滁州刺史鄭昈墓誌云與王昌齡王之

漁崔國輔連唱迭和名動一時

終

全唐詩話卷之二

宋　尤袤　著

後學　何文煥　訂

劉長卿

劉長卿字文房至監察御史以撿按祠部員外郎爲轉運使判官知淮南鄂岳轉運留後鄂岳觀察使吳仲孺誣奏貶播州南巴尉會有爲之辯者除睦州司馬終隨州刺史以詩馳聲上元寶應間皇甫湜云詩未有劉長卿一句已呼宗

玉爲老兵矣語未有駱賓王一字已駡宋玉爲罪人矣其名重如此

高仲武云長卿負外有吏幹而犯上兩度遷謫皆自取之詩體雖不新奇甚能鍊飾十首已上語意稍同于落句尤甚此其短也然春風吴草緑古木剡山深明日滄洲路歸雲不可尋又沙鷗驚小吏明月上高枝又細雨濕衣看不見閒花落地聽無聲截長補短蓋玉徽之纇與又得罪風霜苦全生天地仁傷而不怨亦足以發揮

風雅矣
過張明府别業云寀寀東部外白首一先生考
滿孤琴在家移五柳成夕陽臨水釣春水向田
畊終日空林下何人識此情
餘干旅舍云摇落暮天迥青楓霜葉稀孤城向
水閉獨鳥背人飛渡口月初上鄰家漁未歸鄉
心正欲絶何處擣寒衣
送李中丞之襄州云流落征南將曽驅十萬師
罷歸無舊業老去戀明時獨立三朝盛輕生一

劍知茫〻江漢上日暮欲何之
送嚴士元云春風倚棹闔閭城水國猶寒陰復
晴細雨濕衣看不見閒花落地聽無聲日斜江
上孤帆影草綠湖南萬里程東道若逢相識問
青袍今已誤儒生

章八元

八元題慈恩塔云七層突兀在虛空四十門開
面〻風却恠鳥飛平地上自驚人語半天中迴
梯暗踏如穿洞絕頂初攀似出籠落日鳳城佳

氣合滿城春樹雨濛〻或云元白見其詩曰不
謂嚴維出此弟子
高仲武云八元嘗于郵亭偶題數句蓋激元楚
以辭家維大異之遂親指喻數年充賦擢第至
如雪晴山脊見沙淺浪痕交得山水狀貌也
八元睦州人登大歷進士第

韋應物

李肇國史補云開元後位畀而名著李北海邕
王江寧昌齡李館陶□鄭廣文虔元魯山德秀

蕭功曹潁士張長史旭獨孤常州及崔比部元翰梁補闕肅韋蘇州其一也應物仕宦本末似止于蘇按白傅答禹錫云敢有文章替左司謂應物也官稱亦止此

郡齋雨中與諸文士燕集詩云兵衛森畫戟燕寢凝清香海上風雨至逍遥池閣涼煩疴近消散嘉賓復滿堂自慚居處崇未睹斯民康理會是非遣性達形迹忘鮮肥屬時禁蔬果幸見嘗俯飲一杯酒仰聆金玉章神歡體自輕意欲淩

風翔吳中盛文史韋彥令汪洋方知大藩地豈
曰財賦疆
欲持一瓢酒遠寄風雨夕句萬籟自生聽太空
常寂寥還從靜中起却向靜中消詠聲山深松
子落幽人應未眠句舟泊南池雨簾捲北樓風
句右張爲取作主客圖
應物寄全椒山中道士云今朝郡齋冷忽憶山
中客澗底拾枯松歸来煮白石欲持一瓢酒遠
寄風雨夕落葉徧空山何處尋行迹

朱放

放字長通襄州人隱居剡溪嗣曹王皋鎮江西辟節度參謀貞元中召爲左拾遺不就送著公歸越云誰能愁此别到越會相逢長憶雲門寺門前千萬峰石床堆積雪山路倒枯松莫學白道士無人知去蹤

李泌

鄴侯家傳云泌賦詩譏楊國忠曰青〻東門柳歲晏復憔悴國忠訴于明皇上曰賦柳爲譏卿

則賦李為譏朕可乎

暢當

當詩平淡多佳句如釣渚亭云花發多遠意鳧雁有閒情遲暉耿不暮平江宋無聲天柱隱所云荒徑饒松子深蘿絕鳥聲陽崖全帶日寬嶂偶通畊山居云水定鶴翻去松欹峰儼如又寒林苞晚菊風絮露垂楊湖畔聞漁唱天邊數雁行皆有遠意

皇甫冉

高仲武云皇甫冉補闕自擢桂禮闈遂爲高格往以世道艱虞避地江外每文章一到朝廷作者變色于詞場爲先輩推薦即爲伯仲誰家勝負或逐鹿中原如果熟任霜封籬踈從水渡又裛露收新稼迎寒葺舊廬又燕知社日辭巢去菊爲重陽冒雨開可以雄視潘張平揖沈謝又巫山詩終篇皆丽自晉宋齊梁周隋以來採掇者無數而補闕獨獲驪珠使前賢失步後輩郤立自非天假何以迨斯恨長轡未騁而芳蘭早

凋悲夫

送韓司直云遊吳還適楚來往任風波復送王孫去其如春草何岸明殘雪在潮滿夕陽多季子留遺廟停舟試一過

西陵寄一公云西陵遇風處自古是通津終日空江上雲山若待人汀洲寒事早魚鳥興情新南望山陰路吾心有所親姚合取四詩爲極元集

烁日東林之作云閒看秋水心無事坐對寒松手自栽廬阜高僧留偈別茅山道士寄書來燕

知社日辭巢去菊爲重陽冒雨開淺薄將何稱
獻納臨岐終日自遲迴

皇甫曾

張汾見訪郊居云林中雨散早涼生已有迎秋
促織聲三徑荒蕪羞對客十年衰老愧稱兄愁
心自惜江蘺短世事方看木槿榮君若罷官攜
手日尋山莫笑白雲程

曾與劉長卿友善曾過長卿碧澗別業詩云謝
客開山後郊扉去水通江湖十年別衰老一樽

同返照寒川滿平田暮雪空滄洲自有趣不復泣途窮長卿和云荒郵帶晚照落葉亂紛紛古路無行客寒林獨見君野橋經雨斷澗水向田分不為憐同病何人到白雲曾又寄長卿云南憶新安郡千江帶夕陽斷猿知夜久秋草助江長髮鬢應成素青松獨見霜愛才稱漢主題賦待田郎長卿和云離別江南北汀洲葉再黃路遥雲共水砧迴月如霜歲儉依仁政（姑臧相國初臨郡）年衰憶故鄉佇看宣室召漢法倚張綱

秦系

系呈韋蘄州云久卧雲間已息機青袍忽著狎鷗飛詩興到来無一事郡中今有謝元暉系字公緒會稽人隐泉州南安九日山張建封聞系不可致就加挍書郎自號東海釣客與劉長卿善權德輿曰長卿自以為五言長城系用偏師攻之矣韋荅系云知掩山扉三十秋魚鬚翠碧満床頭莫道謝公方在郡五言今日為君休盖以五言得名久矣年八十餘歲卒南安人

號其峰爲高士峰
山中贈張評事時授右衛佐云終年常避喧自
註五千言流水閒過院春風與閑門山茶邀上
客桂實落前軒何事教予起微官不足論
叅家剡山高隱一紀大歷五年人或以其文聞
于留守薛公無何奏叅右衛率府倉曹叅軍意
所不欲以疾辭免因將命者獻詩云由來那敢
議輕肥散髮行歌自采薇逋客未能忘野興辟
書令遣脫荷衣家中匹婦空相笑池上羣鷗盡

歆飛更乞大賢容小隱蓋看愚谷有光輝

顧況

況字逋翁姑蘇人至德進士性詼諧與柳渾李泌爲方外友德宗時渾輔政以秘書郎名及泌相自謂當得達官久之遷著作郎況坐詩語調謔貶饒州司戶居于茅山以壽終皇甫湜爲況文集序云偏于逸歌長句駿發踔厲往々若穿天心出月脇意外驚人語非常人所能及最爲快也其爲人類其章句云

山中作云野人愛向山中宿況在葛洪丹井西庭前有箇長松樹半夜子規來上啼又汀洲渺渺江蘺短疑是疑非兩斷腸句　巫峽朝雲暮不歸洞庭春水晴空滿句　頹垣化爲陂陸地堪乘舟句　大姑山盡小姑出月照洞庭行客船句

朱絳

春女怨云獨坐紗窗刺繡遲紫荆枝上囀黃鸝欲知無限傷春意盡在停針不語時顧陶取此詩爲類選

楊志堅

顔魯公爲臨川内史邑有楊志堅者嗜學而貧妻厭之一日告離志堅以詩送之曰平生志業在琴詩頭上如今有二絲漁父尚知溪谷暗山妻不信出身遲荆釵任意撩新鬢明鏡從他畫別眉今日便同行路客相逢即是下山時妻持詩詣州請公牒求別醮顔公案其妻曰王歡之廪既虚豈遵黄卷朱叟之妻必去寧見錦衣汚辱鄉閭敗傷風俗若無褒貶僥倖者多遂笞之後無棄其夫者

劉方平

秋夜泛舟云林塘夜泛舟蟲響荻颼颼萬影皆因月千聲各爲秋歲華空復晚鄉思不堪愁西北浮雲外伊川何處流

方平春怨云紗窗日落漸黃昏金屋無人見淚痕寂寞空庭春又晚梨花滿地不開門

戎昱

憲宗朝北狄頻寇邊大臣奏議古者和親有五利而無千金之費帝曰比聞有士子能爲詩而

姓名稍僻是誰宰相對以包子虛冷朝陽皆非
也帝遂吟曰山上青松陌上塵雲泥豈合得相
親世路盡嫌良馬瘦惟君不棄卧龍貧千金未
必能移性一諾從来許殺身莫道書生無感激
寸心還是報恩人侍臣對曰此是戎昱詩也京
兆尹李鑾擬以女嫁昱令其改姓昱固辭焉帝
悦曰朕又記得詠史一篇云漢家青史内計拙
是和親社稷因明主安危託婦人豈能將玉貌
便欲静胡塵地下千年骨誰爲輔佐臣帝笑曰

魏絳之功何其懦也大臣遂息和戎之論矣

柳郴

郴與李端盧綸友善有賊平後送客還鄉詩云他鄉生白髮舊國有青山最有思致

薛尉

敕贈康尚書美人云天門喜氣曉氛氳聖主臨軒名冠軍欲令從此行霖雨先賜巫山一片雲康尚書日知也德宗時斬李惟岳以功擢爲深趙節度遷奉誠軍陟晉絳尉德宗時河東詩人

也

元載

王忠嗣鎮北京以女韞秀歸元載歲久見輕韞秀勸之游學元乃游秦爲詩别韞秀曰年来誰不厭龍鍾雖在侯門似不容看取海山寒翠樹苦遭霜霰到秦封妻請偕行曰路掃飢寒迹天哀志氣人休零别離淚攜手入西秦

元到京屢陳時務深符上旨肅宗擢拜中書韞秀寄諸姊妹詩曰相闥已隨麟閣貴家風第一

右丞詩笄年解笑鳴機婦恥見蘊秦富貴時元

肅代兩朝宰相貴盛無比復爲一篇以喻之曰

楚娭燕歌動画梁更闌重換舞衣裳公孫開館

招佳客知道浮雲不久長

元貪惏被誅上令王氏入宫歎曰二十年太原

節度使女十六年宰相妻誰能爲長信昭陽之

事死亦幸矣京兆笞斃

楊郇伯

妓人出家云盡出花鈿與四鄰雲鬟剪落厭殘

春暫驚風燭難留世便是蓮花不染身貝葉欲翻迷錦字梵聲初學誤梁塵從今艷色歸空後湘浦應無解珮人

梁鍠

詠木老人云刻木牽絲作老翁雞皮鶴髮與眞同須臾弄罷寂無事還似人生一夢中明皇還西內每詠此詩

戴叔倫

戴叔倫字幼公潤州人師事蕭穎士爲門人冠

劉晏管鹽鐵表主管湖南至雲安楊惠琳反馳
客劫之曰歸我金幣可緩死叔倫曰身可殺財
不可得乃捨之累遷至容管經略德宗嘗賦中
和節詩遣使者寵賜代還卒

吴明府自遠来留宿云出門逢故友衣服滿塵
埃歳月不可問山川何處来倚城容潵宅散職
寄靈臺自此留君醉相歡得幾回

除夜宿石頭驛云旅館誰相問寒燈獨可親一
年將盡夜萬里未歸人寥落悲前事支離笑此

身愁顏与哀鬢明日又逢春

送友人東歸　云萬里楊柳色出關逢故人輕烟拂流水落日照行塵積夢江河闊憶家兄弟貧徘徊灞亭上不語自傷春姚合取為極元集

于鵠

鵠大歷貞元間詩人也爲諸府從事居江湖間有卜居漢陽及荊南陪樊尚書賞花詩自述曰三十無名客空山獨卧秋豈以詩窮者邪老大看花猶未足沿江正遇一枝紅日斜人散東風

急吹向誰家明月中襄陽座上作

送死多于生幾人得終老句右張爲取作主客圖

鵲送客遊邊云若到并州北誰人不憶家寒深無去伴路盡有平沙磧冷惟逢雁天春不見花莫隨邊將意垂老事輕車

江南曲云偶向江邊採白蘋還須女伴賽江神衆中不敢分明語暗擲金錢卜遠人韋莊取爲又元集

李益

益姑臧人字君虞大歷四年登第其受降城聞笛詩教坊樂人取爲聲樂度曲又有寫征人歌早行詩爲圖畫者迴樂峰前沙似雪之詩是也益有心疾不見用及爲幽州劉濟營田副使獻詩有感恩知有地不上望京樓之句左遷右庶子年且老門人趙宗儒自宰相罷免年七十餘益曰此我爲東府所選進士也聞者憐益之困後遷禮部尚書致仕卒

閑庭草色能留馬當路楊花不避人 句

笳簫漢

𢗰鯈旌旗邊色故句　馬汗凍成霜句

耿湋一作緯

許州書情寄韓張二舍人云謫宦軍城老更悲近來頻夢到丹墀乍燃乍滅心中火惟鑷惟多鬢上絲遶院緣階聞雁處滿庭黃葉閉門時故人高步雲衢上肯念前程杳未期

贈朗公云來自西天竺持經奉紫微年深梵語變行苦俗人歸月上安禪久苔深出院稀梁閒有馴鴿不去為無機

烁日云返照入閭巷憂来与誰語古道無人行
秋風動禾黍
書情逢故人云曰君知此事流恨已忘機客久
多人識年高衆病歸連雲潮色遠度雪雁敍稀
又說家林盡悽傷淚滿衣
贈張將軍云寞落邊城暮重門返照間鼓鼙經
雨暗士馬過秋閑慣守臨邊郡曾營近海山關
西舊業在夜夜夢中還
酬暢當云同游漆沮後已是十年餘幾度曾相

夢何時定得書月高城影盡霜重柳條踈且對罇中酒千般想未如書情逢故人以下姚合取爲極元集

湋寶應元年進士爲左拾遺詩有家貧僮僕慢官罷友朋踈世多傳之

盧綸

長安春望云東風吹雨過青山却望千門草色閒家在夢中何日到春來江上幾人還川原繚繞浮雲外宮闕參差落照閒誰念爲儒多失意獨將衰鬢客秦關

綸德宗時爲户部郎中舅韋渠牟表其才召見禁中帝有所作輒爲賡和異日問渠牟盧綸李益何在荅曰綸從渾瑊在河中驛召之會卒文宗尤愛其詩問宰相盧綸文章幾何亦有子否李德裕對綸四子皆擢進士第在臺閣帝遣人悉索家笥得詩五百篇以聞

得嶺南故人書云瘴海寄雙魚中宵達我居兩行燈下淚一紙嶺南書地說炎蒸極人稱老病餘殷勤祝賈誼莫共酒盃踈

題興善寺後池云隔窓栖白鶴似與鏡湖鄰月照何年樹花逢幾度人岸沙青有路苔徑緑無塵願得容依止僧中老此身

送李端云故關衰草遍離别自堪悲路出寒雲外人歸暮雪時少孤爲客慣多難識君遲掩淚空相向風塵何所期得嶺南故人以下姚合取爲極元集

韓翃

侯希逸鎮淄青翃爲從事罷府閑居十年李勉鎮夷門辟爲幕屬時已遲暮不得意多家居一

日夜將半客叩門急賀曰員外除駕部郎中知制誥翃愕然曰誤矣客曰邸報制誥闕人中書兩進名不從又請之曰與韓翃時有同姓名者爲江淮刺史又具二人同進御批曰春城無處不飛花寒食東風御柳斜日暮漢宮傳蠟燭青烟散入五侯家又批曰與此韓翃客曰此員外詩邪翃曰是也是不誤時建中初也

南部新書云昇平公主宅即席李端擅塲送王相之幽鎮翃擅塲送劉相巡江淮錢起擅塲

德宗西幸有神智驄如意騮二馬謂之功臣一日有進瑞鞭者上曰朕有二駿今得此可爲三絕曰吟翃觀調馬詩云鴛鴦赭白齒新齊曉日花間放碧蹄玉勒乍迴初噴沫金鞭欲下不成嘶

高仲武云韓員外意放經史興致繁富一篇一韻朝野珎之多士之選也至如星河秋一雁砧杵夜千家又客衣筒布細山舍荔枝繁又疎簾看雪捲深戶映花闌方之前載則芙蓉出水未足

多也其比興深於劉貟外筋節減于皇甫冉也」
題薦福衡岳禪師房云春城乞食還高論此中
閒僧臘階前樹禪心江上山踈簾看雪捲深戶
映花関晚送門人去鐘聲杳靄間
世傳翃有寵姬柳氏翃成名從辟淄青置之都
下數歲寄詩曰章臺柳顏色青〻今在否縱使
長條似舊垂也應攀折他人手柳答曰楊柳枝
芳菲節可恨年〻增離別一葉隨風忽報秋縱
使君來豈堪折後果爲蕃將沙吒利所刼翃會

入中書道逢之謂永訣矣是日臨淄大挍置酒
疑翃不樂具告之有虞候將許俊以義烈自許
即詐取得之以授韓希逸聞之曰似我往日所
爲也後復能之翃後爲夷門幕府淺生共目爲
惡詩輕之

錢起

高仲武云詩格清奇理致清淡粤從登第挺冠
詞林文宗右丞許以高格右丞没後貟外爲雄
革齊宋之浮游削梁陳之靡曼迥然獨立莫之

與京且如烏道挂踈雨人家残夕陽又牛羊上山少炯火隔林深又長樂鐘聲花外盡龍池柳色雨中深皆特出意表標準古今又窮達戀明主耕桒亦近郊禮義克全忠孝兼著足以宏長名流爲後楷式

送僧歸日本云上國隨緣去東途若夢行浮天滄海遠去世法舟輕水月通禪觀魚龍聽梵聲惟憐慧燈影萬里眼中明

送僧自吳遊蜀云隨緣忽西去何日返東林世

路無期別空門不住心人炯一飾少山雪獨行深天外猿聲夜誰聞清梵音

送征雁云秋空萬里靜嘹唳獨南征風急翻霜冷雲開見月驚塞長憐去翼影滅有餘聲悵望遙天外鄉愁滿目生

裴迪書齋玩月云夜来詩酒興月上謝公樓影閉重門靜寒生獨樹秋鵲驚隨葉散螢趂入炯流今夕遥天末清暉幾處愁

送彈琴李長史赴洪州云抱琴爲傲吏孤棹復

南行幾度秋江水皆添白雪聲佳期來客夢幽
興綏王程佐牧無勞問心和政自平以上四章姚合取爲
極元集
贈闕下裴舍人云二月黃鸝飛上林春城紫禁
曉陰陰長樂鐘聲花外盡龍池柳色雨中深陽
和不改窮途恨霄漢常懷捧日心獻賦十年猶
未遇羞將白髮對華簪
題玉山郵叟壁云谷口好泉石居人能陸沈牛
羊上山少烟火隔林深一徑入溪邑數家連竹

陰藏虹蜺晚雨驚隼落殘禽涉趣皆流目將歸
必在林却思黄綬事辜負紫芝心

司空曙

酬張芬有赦後見贈云紫鳳朝銜五色書陽春
忽報綱羅除已將心變寒灰後豈料光生腐草
餘建水風烔收客淚杜陵花竹夢郊居勞君故
有詩相贈欲報瓊瑶恨不如
經廢寶光寺云黄葉前朝寺無僧寒殿開池晴
龜出曝松暝鶴飛回古砌碑横草陰廊畫雜苔

禪宮亦消歇塵世轉堪哀

喜外弟盧綸見宿云靜夜四無隣荒居舊業貧雨中黃葉樹燈下白頭人侶我獨沈久媿君相見頻平生自有分況是蔡家親

崔峒

江上書懷云骨肉天涯別江山日落時淚流襟上血髮白鏡中絲胡越書難到存亡夢豈知登高回首罷形影自相隨

喜逢妻弟鄭損曰送入京詩云亂後自孤征相

逢喜復驚爲經多載别欲問小時名對酒悲前事論文畏後生遥知盈卷軸紙貴在江城

高仲武云峒詩文彩煥發意思雅淡如清磬度山翠閒雲来竹房又流水聲中視公事寒山影裏見人家此亦披沙揀金時時見寶也

峒登進士第爲拾遺入爲集賢學士後終州刺史或云終元武令文藝傳云終右補闕峒寄李明府云訟堂宗宗對烟霞五柳門前集晚鴉流水聲中視公事寒山影裏見人家觀風共美新

爲政計日還應更觸邪可惜陶潛無限興不逢
籬菊正開花

李端

贈郜駙馬詩云郜令公子曖尚昇平公主此詩席上成青春都尉
最風流二十功成便拜侯金距鬭雞過上苑玉
鞭騎馬出長楸薰香荀令偏憐少傅粉何郎不
解愁日暮吹簫楊柳陌路人遥指鳳凰樓
又云方塘侣鏡草芊芊初月如鉤未上弦新開
金埒看調馬舊賜銅山許鑄錢楊柳入樓吹玉

遂芙蓉出水妬花鈿令朝都尉如相傾顧脱長裾學少年

蜀路有飛泉亭中詩板百餘篇後薛能佐李福于蜀道過此題云賈掾曾空去題詩豈易哉悉去諸板惟留端巫山高一篇而已

端賦巫山高云巫山十二峰皆在碧虚中回合雲藏日霏微雨帶風猿聲寒過水樹色暮連空愁向高唐望清秋見楚宫

茂陵山行陪韋金部云宿雨朝來歇空山天氣

清盤雲雙鶴下隔水一蟬鳴古道黃花落平蕪
赤草生茂陵雖有病猶得伴君行
蕪城懷古云風吹城上樹草沒邊城路城裏月
明時精靈自來去

冷朝陽

潞州節度薛嵩有青衣善彈阮咸琴手紋隱起
如紅線因以名之一日辭去朝陽爲詞曰採菱
歌怨木蘭舟送客魂消百尺樓還似洛妃乘霧
去碧天無際水東流

竇叔向

叔向字遺直京兆人代宗時常袞爲相用爲左拾遺內供奉及貶亦出爲溧水令四子登第羣以處士隱毗陵韋夏卿薦之朝德宗擢爲左拾遺代武元衡爲中丞薦呂温羊士諤爲御史李吉甫以二人躁險持不下羣怒吉甫伺吉甫隂事幾爲憲宗所誅羣与兄常牟弟庠鞏皆爲郎工詞章爲聯珠集傳于時義取昆弟若五星然叔向寒食賜恩火云恩光及小臣華燭忽驚春

電影隨中使星煇拂路人幸囘榆柳暖一照草
茅貧端午日恩賜百索云仙官長命縷端午降
殊私事盛蛟龍見恩深犬馬知餘生儻可續終
冀荅明時

竇常

常任武陵寒食日次松滋渡先寄劉員外云杏
花楡莢曉風前雲際離離上峽船江轉數程淹
驛騎楚曾三戶少人烟看春又過清明節筭老
重經癸巳年幸得桂山當郡舍在朝常詠卜居

篇

竇鞏

代隣叟云年来七十罷畊桑就暖支羸強下床滿眼兒孫身外事閑梳白髮對残陽

寄南遊弟兄云書来未報幾時還知在三湘五嶺間獨立衡門秋水闊寒鴉飛去日銜山

常建

清晨入古寺初日照高林竹徑通幽處禪房花木深山光悅鳥性潭影空人心萬籟此都寂但

餘鐘磬音 題破山後禪院

歐陽永叔云我嘗愛建竹徑通幽處禪房花木深欲效其語作一聯竟不可得始知造意者難爲工也

丹陽殷璠撰河嶽英靈集首列建詩愛其山光悅鳥性潭影空人心

殷璠云高才而無貴位誠哉是言也曩劉禎死于文學左思終于記室鮑照卒于參軍今常建亦淪于一尉悲夫建詩似初發通莊卻尋野徑

百里之外方歸大道所以其旨遠其興僻佳句
輒来惟論意表至如松際露明月清光猶爲君
又山光悦鳥性潭影空人心此例數十句並可
稱爲警策一篇盡善者戰餘落日黄軍敗鼓聲
死令與山鬼隣殘兵哭遼水思既邈古詞又警
絶潘岳雖云能叙悲怨未見如此章句也
弔王將軍墓云嫖姚北伐時深入強千里戰餘
落日黄軍敗鼓聲死常聞漢飛將可奪單于壘
令與山鬼隣殘兵哭遼水

李約

汧公勉之子也爲兵部員外郎與主客員外郎張諗同官每單床靜言達旦不寐贈韋徵君沈詩曰我有心中事不向韋三說秋夜洛陽城明月照張八

觀祈雨云桑條無葉土生烟簫管迎龍水廟前朱門幾處聽歌舞猶恐春陰咽管絃

從軍行云看圖閑教陣畫地靜論邊烏一作鳥壘天西戍鷹竿塞上川路長惟筭月書遠每題年

無復生還望翻思未別前又堠火起鵰城塵沙
擁戰聲游軍藏虜幟降騎說蕃情霜落滹池淺
秋深太白明嫖姚方帍視不覺說添兵
約雅度簡遠有山林之致在潤州得古鐵一片
擊之清越又養一猿名山公月夜泛江登金山
鼓琴猿必嘯和曾佐庶人李錡幕至金陵屢讚
招隱寺標致一日庶人宴寺中明日謂曰予嘗
稱招隱標致昨日遊宴何殊州中約曰某所賞
者躁野耳若遠山將翠幕遮古松用綵物裹氈

腥澆鹿跑泉音樂亂山鳥聲此則實不如在叔父大廳也性又嗜茶能自煎曰茶須緩火炙活火煎活火炭有焰者曾奉使行陝州峽石縣東愛渠水清流旬日忘發梁武造寺令蕭子雲飛白大書一蕭字約自江淮竭產致歸洛中扁于小亭號曰蕭齋

陳通方

通方登貞元進士第與王播同年播年五十六通方甚少因期集撫播背曰王老奉贈一第言

其日暮途遠及第同贈官也播恨之後通方丁家難辛苦萬狀播擢三科爲正郎判鹽鐵通方窮悴求助不甚給之時李虔中爲副使通方以詩求爲汲引云應念路傍憔悴翼昔年喬木幸同遷播不得已薦爲江西院官

楊炎

元載末年納薛瑶英爲姬處以金絲帳却塵褥衣以龍綃衣載以瑶英體輕不勝重衣于異國求此服也惟賈至與炎雅與載善往〻時見其

歌舞至贈詩曰舞怯銖衣重笑疑桃臉開方知漢成帝空築避風臺炎亦贈歌云雪面淡眉天上女鳳簫鸞翅欲飛去玉山翹翠步無塵楚腰如柳不勝春

炎字公南常袞長于除書炎善德音自開元後言制詔者稱常楊元載與炎同郡炎又元出也故擢炎禮部侍郎德宗時位宰相

裴度

公赴敵淮西題名華嶽廟之闕門大順中戶部

侍郎司空圖以一絶紀之曰獄前大隊赴淮西從此中原息戰鼙石闕莫教苔蘚上分明認取晉公題樂天求馬裴贈以馬曰戲云君若有心求逸足我還留意在名姝引妾换馬之事樂天答曰安石風流無奈何欲將赤驥换青娥不辭便送東山去臨老何人與唱歌

中書郎事云有意效承平無功答聖明灰心緣忍事霜鬢為論兵道直身還在恩深命轉輕鹽梅非擬議葵藿是平生白日長懸照蒼蠅謾發

聲嵩陽舊田地終使謝歸畊

韓愈

喚起窗全曙催歸日未西無心花裏鳥更與盡
情啼乃二禽名也喚起聲如絡緯圓轉清亮偏
鳴于春曉江南謂之春喚催歸子規也

元和十二年裴度宣慰淮西奏公行軍司馬有
從軍洎途中諸篇其間次潼關寄張十二使君
詩云荆山已去華山來日照潼關四扇開刺史
莫辭迎候遠相公新破蔡州迴又次潼關上都

統相公云蹔辭堂印執兵權盡管諸軍破賊年
冠蓋相望催入相待将功德格皇天又桃林夜
賀晉公云西来騎火照山紅夜宿桃林臈月中
手把命珪兼相印一時重疊賞元功數篇皆有
奥旨元濟平遷刑部侍郎
十四年正月表乞焼棄佛骨疏入貶潮州刺史
有次藍關示姪孫湘詩云一封朝奏九重天夕
貶潮陽路八千欲爲聖明除獘事豈将衰朽計
殘年雲横秦嶺家何在雪擁藍關馬不前知汝

遠來應有意好收吾骨瘴江邊是歲十月量移袁州刺史酬張韶州詩云明時遠逐事何如遇赦移官罪未除北望詎令隨塞雁南遷纔免葬江魚將經貴郡須留客先惠高文謝起予暫欲繫舟韶石下上賓虞舜整冠裾

又留别張使君云來往再逢梅柳新别離一醉綺羅春久欽江總文才妙自嘆虞翻骨相屯鳴笛急吹催落日清歌緩送感行人已知奏課當徵拜那復淹留詠白蘋

張籍

籍宿江上詩云楚驛南渡口夜深來客稀月明見潮上江靜覺鷗飛旅次今已遠此行殊未歸離家久無信又聽擣寒衣或云劉長卿餘干旅舍云搖落暮天迥丹楓霜葉稀孤城向水閉獨鳥背人飛渡口月初上鄰家漁未歸鄉心正欲絕何處擣寒衣槩相類也

籍字文昌和州人歷水部員外郎終主客郎中

蕃漢斷消息死生長別離句常于送人處憶得

别家時句　流光暫出還入地使我年少不須臾

句　右張爲取作主客圖

送裴相公鎮太原云盛德雄名遠近知功高先
乞守藩籬銜恩暫遣分龍節署敕還同在鳳池
天子親臨樓上送朝官齊出道邊辭明年塞北
諸蕃落應起生祠請立碑

白樂天讀籍詩集云張公何爲者業文三十春
尤工樂府詞舉代少其倫姚合讀籍詩有詩云
妙絶江南曲凄涼怨女詩古風無敵手新語是

人知

李道昌

道昌唐大歷十三年爲蘇州觀察使一日郡城外虎邱山有鬼題詩二首隱于石壁之上云青松多悲風蕭〻聲且哀南山接幽隴幽隴空崔巍白日徒昭〻不照長夜臺雖知生者樂魂魄安能迴況復念所親慟哭心肝摧慟哭更何言哀哉復哀哉又曰神仙不可學形化空游魂白日非我朝青松爲我門雖復隔幽顯猶知念子

孫何以遣悲惋萬物歸其根寄語世上人莫厭
臨芳樽莊生問枯骨王樂成虛言道昌異其事
遂具奏聞准敕令致祭道昌爲其文曰嗚呼萬
古邱陵化無再出君若何人能關詩筆何代而
亡誰人子姪曾作何官是誰仙室寂寞夜臺悲
乎白日不向紙上石中隱出桃源三月深草垂
楊黃鸎百囀猿聲斷腸不題姓字寧辨賢良嗚
呼哀哉歎昔先賢空傳經史終無再還青松嶺
上嗟哉碧山大唐正業已紀詩言痛復痛兮何

處實悲復悲兮萬古墳能作詩兮動天地散悲怨兮淚霑巾感我皇兮列清酌願當生兮事明君祭後經數日再有詩一絶于石云幽冥雖異路平昔忝攻文欲知潛昧處山北兩孤墳後于寺山之北果有二墳極高大荆榛蘙茂詢諸耆老竟不知何姓氏至今猶存皮日休和云念爾風雅魂幽咽能攻文空令傷魂鳥啼破山邊墳陸龜蒙和云靈氣猶不死尚能成綺文如何孤窆裏猶自讀三墳

陸暢

暢字達夫吳郡人韋皐雅所厚禮天寶時李白為蜀道難以斥嚴武暢更為蜀道易以美皐又經崔諫議林亭云蟬噪入雲樹風開無主花初為江西王仲舒從事拂衣去後遇雲陽公主下降百僚舉暢為儐相詩皆頃刻而成詠簾曰勞將素手捲蝦鬚瓊室流光更綴珠玉漏報來過夜半可堪潘岳立踟躕詠竹帳曰碧玉為竿丁字成鴛鴦繡帶短長馨強遮天上花顏色不

隔雲中笑語聲

詔作催粧五言曰雲陽公主貴出嫁五侯家天母親調粉日兄憐賜花催鋪百子帳待障七香車借問粧成未東方欲曉霞內人以其吳音捷才以詩嘲之云十二層樓倚翠空鳳鸞相對立梧桐雙成走報監門衛莫使吳歈入漢宮或曰宋若蘭姊妹作陸酬曰粉面仙郎選尚朝偶逢秦女學吹簫雛教翡翠聞王母不奈烏鳶噪鵲橋六宮大哈別賜宮錦樗伽餅噇盂各一

暢謁韋皐作蜀道易詩云蜀道易〻于履平地皐大喜皐薨朝廷欲繩其既往之事復閲先進兵器上皆刻定秦二字不相與者皆造成罪名暢上疏理之曰臣在蜀日見造所進兵器定秦者匠名也由此得釋段成式曰暢江東人語多差誤人以為劇語初娶董溪女每旦婢進澡豆暢輒沃水服之或曰君為貴門女婿幾多樂事陸暢曰貴門苦禮法婢子食辣麨殆不可過

李翺

翱在潭州席上有舞柘枝者顏色憂悴殷堯藩侍御當筵贈詩曰姑蘇太守青娥女流落長沙舞柘枝滿座繡衣皆不識可憐紅臉淚雙垂翱詰其事乃姑蘇臺韋中丞愛姬所生之女（夏卿之裔）（正卿之姪）曰妾以昆弟夭折委身樂部恥辱先人言訖涕咽情不能堪亞相為之吁歎且曰我韋族姻舊速命更其舞衣飾以袿襦延與韓夫人相見（夫人吏部姪女）顧其言語清楚宛有冠蓋風儀遂于賓榻中選士而嫁之舒元輿侍郎聞之自京馳

詩曰湘江舞罷忽成悲便脫蠻靴出絳帷誰是
蔡邕琴酒客魏公懷舊嫁文姬

孟郊

李翱薦孟郊于張建封云茲有平昌孟郊正士
也伏聞執事舊知之郊爲五言詩自前漢李都
尉蘇屬國及建安諸子南朝二謝郊能兼其體
而有之李觀薦郊于梁肅補闕書曰郊之五言
詩其有高處在古無上其有平處下顧兩謝韓愈
送郊詩曰作詩三百首杳默咸池音彼三子皆

知言也豈欺天下之人哉郊窮餓不得安養其親周天下無所遇作詩曰食薺腸亦苦強歌聲無歡出門即有碍誰謂天地寬其窮也甚矣凡聖人奇士自以所負不苟合于世是以雖見之難得而知也見而不能知其賢如弗見而已矣知其賢而不能用如弗知其賢而已矣用而不能盡其才如弗用而已矣盡其才而容讒人之所間者如弗盡才而已矣故見賢而能知〻而能用〻而能盡其才而不容讒人之所間者天

下一人而已矣郊下第詩曰棄置復棄置情如刀劍傷又再下第詩曰一夕九起嗟夢知不到家兩度長安陌空將淚見花而後及第有詩曰昔日齷齪不足嗟今朝曠蕩恩無涯青春得意馬蹄疾一日看盡長安花一日之間花即看盡何其速也果不達

劉乂

劉乂節士也少放肆爲俠酋曰酒殺人亡命會赦出更折節讀書能爲歌詩然恃故時所負不

能俯仰貴人聞韓愈接天下士步謁之作氷柱雪車二詩出盧孟右樊宗師見爲獨拜後以爭語不能下賓客曰持愈金數斤去曰此諛墓中人得耳不若與劉君爲壽愈不能止歸齊魯不知所終

楊巨源

楊巨源以三刀夢益州一箭取遼城得名故樂天詩云早聞一箭取遼城相識雖新有故情清句三朝誰是敵白鬚四海半爲兄貧家雖草時上

入瘦馬尋花處〻行不用更教詩過好折君官職是空名巨源後拜省郎樂天復以詩賀云文昌新入有先輝紫界宮墻白粉闈曉日雞人傳漏箭春風侍女護朝衣雪飄歌曲高難和鶴拂烟霄老慣飛官職聲名俱入手近来詩客似君稀

巨源字景山大中時為河中少尹

何事慰朝夕不踰詩酒情山河空道路蕃漢共刀兵禮樂新朝市園林舊弟兄向風一點淚寒晚暮江平右張為取作主客圖

歐陽詹

歐陽詹字行周泉州人初見拔于常衮後見知于退之元賓終于四門助教李貽孫序其文曰君之文周詳切于情故敘事重復宜其掌代文柄以變風雅一命而卒天其絕乎子賈早死孫瀚途中寄太原所思詩曰驅馬漸覺遠回頭長路塵高城已不見況復城中人去意自未甘居情諒猶辛萬里東北晉千里西南秦一履不出門一車無停輪流萍與匏繫早晚期相親或曰詹

遊太原悅一妓將別約至都相迎故有早晚期相親之句妓思之不已得疾且甚乃刄其髻藏之謂女弟曰歐陽生至可以爲信又作詩曰自從別後減容光半是思郎半恨郎欲識舊來雲髻樣爲奴開取縷金箱絕筆而逝及詹至如其言示之詹啟函一慟而卒孟簡賦詩哭之序云穆元道訪余常歎其事元道頗惜之

袁高

禹貢通遠俗所圖在安人后王失其本職吏不

敢陳亦有奸佞者曰茲欲求伸動生千金費日使萬姓貧我來顧渚源得與茶事親毗輟畊農來疑是耒字採採實苦辛一夫且當役盡室皆同臻捫葛上欹壁蓬頭入荒榛終朝不盈掬手足皆皴鱗悲嗟徧空山草木為不春陰嶺牙未吐使者牒已頻心爭造化力先從銀臺筠選納無晝夜搗聲昏繼晨衆工何枯槁俯視彌傷神皇帝尚巡狩東郊路多堙周迴繞天涯所獻愈艱勤況值兵革困重茲困疲民未知供御餘誰合分此珍

顧省忝邦守又慙復因循茫〻滄海間丹憤何由伸右高所賦茶山詩也案唐制湖州造貢茶最多謂之顧渚貢焙歲造一萬八千四百斤大厯後始有進奉建中二年高刺郡進三千六百串并詩此一章刻石在貢焙故杜鴻漸與楊祭酒書云顧渚中山紫笋茶兩片此物但恨帝未得嘗實所歎息一片上太夫人一片充昆弟同歠開成三年以貢不如法停刺史裴充官

閻濟美

濟美大歷九年春下第將出關獻座主張謂詩六韻曰蹇諤王臣直文明雅量全望爐金自躍應物鏡何偏南國幽沈盡東堂禮樂宣轉令游藝士更惜至公年芳樹歡新景青雲泣暮天惟愁鳳池拜孤賤更誰憐謂覽之悶失第之曰具以實告謂深有遺才之歎乃曰所投六韻必展後效明年濟美自江東繼薦就試東都謂後主文雜文已過繼欲帖經濟美辭以不能謂曰禮闈故事亦許作詩續帖遂命天津橋望洛城殘

雪題濟美曰新霽洛城端千家積雪寒未收清
禁色偏向上陽殘旣而日勢已晚詩未就謂曰
據見在将来一覽稱賞遂唱過盧景莊謂曰前
足下試蜡日祈天宗賦以魯其對衞賜則子貢
也乃作駟字誤矣方悔之明日謂曰天寒急景
諸君文卷不成未可以呈宰相請重送納旣而
索舊卷則駟字上朱點在焉易卷之意蓋有在
也到闕謂揖濟美曰前日春闈遺才所投六韻
不敢暫忘幸副素懷矣濟美紀其事曰前朝公

相許與定分一面不忘濟美哉

裴交泰

長門怨云自閉長門經幾秋羅衣濕盡淚還流一種蛾眉明月夜南宮歌吹北宮愁范攄曰近日舉場詩尤新章孝標對月云長安一夜千家月幾處笙歌幾處愁有類乎裴交泰

劉竈紀事作皁

韋莊載竈長門怨云淚滴長門秋夜長愁心和雨到昭陽淚痕不學君恩斷拭却千行更萬行

元稹

稹聞西蜀薛濤有詞辯及爲監察使蜀以御使推鞫難得見焉嚴司空潛知其意每遣薛往泊登翰林以詩寄曰錦江滑膩峩眉秀幻出文君與薛濤言語巧偷鸚鵡舌文章分得鳳凰毛紛紛詞客多停筆個〻公侯欲夢刀別後相思隔烟水菖蒲花發五雲高後廉問浙東乃有劉採春自淮甸而来容華莫比元贈詩曰新粧巧樣畫雙蛾謾裹常州透額羅正面偷勻光滑笏緩

行輕踏皺紋波言詞雅措風流足舉止低佪秀媚多更有惱人腸斷處選詞能唱望夫歌望夫歌即羅嗊之曲也元公在淛江七年曰醉題東武亭其詩曰役〻行人事紛〻碎簿書功夫兩衙盡留滯七年餘病痛梅天發親情海岸踈曰循未歸得不是戀鱸魚盧侍郎簡求戲曰丞相雖不爲鱸魚爲好鏡湖春色耳謂採春也

公先娶京兆韋氏字蕙叢韋逝爲詩悼之曰曾經滄海難爲水除却巫山不是雲出本事詩

樂天在洛太和中稹拜左丞相自越過洛以二詩別樂天云君應怪我留連久我欲與君辭別難白頭徒侶漸稀少明日恐君無此懽又云自識君来三度別這回白盡老髭鬚戀君不去君須會知得後回相見無未幾死于鄂樂天哭之曰始以詩交終以詩訣絃筆相絶其今日乎

屈指貞元舊朝士幾人同見太和春（感興句）兒歌楊柳葉妾拂石榴花（句）遠路事無限相逢惟一言月色照榮辱長安千萬門（逢白公句）

白居易

張爲以居易爲廣大教化主取其讀史詩云含沙射人影雖病人不知巧言誣人罪至死人不疑掇蜂殺愛子掩鼻戮寵姬宏恭陷蕭望趙高謀李斯陰德既必報陽禍豈虛施人事雖可罔天道終難欺明即有刑辟陰即有神祇苟免勿私喜鬼得而誅之

又取得意減别恨半酣還遠程之句又人吏留不得直入故山雲之句又長生不似無生理休

向青山學煉丹之句又白髮鑷不盡根在愁腸中之句又與薛濤云蛾眉山勢接雲霓欲逐劉郎此路迷若似剡中容易到春風猶隔武陵溪樂天不爲贊皇公所喜每寄文章李緘之一篋未嘗開劉夢得或請之曰見詞則迴我心矣樂天未冠以文謁顧況況睹姓名熟視曰長安米貴居大不易及披卷讀其芳草詩至野火燒不盡春風吹又生歎曰我謂斯文遂絕今復得子矣前言戲之耳

樂天賦性曠達其詩曰無事日月長不羈天地闊此曠達之詞也孟郊賦性褊狹其詩曰出門即有碍誰謂天地寬此褊狹之詞也然則天地又何嘗碍郊〻自碍耳

樊素善歌小蠻善舞樂天賦詩有曰櫻桃樊素口楊柳小蠻腰至于高年又賦詩曰失盡白頭伴長成紅粉娃因爲楊柳詞以託意云一樹春風萬〻枝嫩于金色軟于絲永豐東角荒園裏盡日無人屬阿誰及宣宗朝國樂唱是詞帝問

永豐在何處左右具以對遂曰命取永豐柳兩枝植于禁中白感上知又為詩云一樹衰殘委泥土雙枝移種植天庭定知此後天文裏柳宿光中添兩星洛下文士無不繼作韓常侍琮時為留守亦有詩和云折柳歌中得翠條遠移金殿種青霄上陽宮女吞聲送不分先歸舞細腰盧貞和云一樹依依在永豐兩枝飛去杳無蹤玉皇曾采人間曲應逐歌聲入九重示意也

終

全唐詩話卷之三

宋 尤袤 著

後學 何文煥 訂

牛僧孺

樂天夢得有除夜詩僧孺和云惜歲歲今盡少年應不知淒涼數流輩懽喜見孫兒暗減一身力潛添滿鬢絲莫愁花笑老花自幾多時

元和三年宣政殿試賢良方正能直言極諫科一十人登科其後僧孺李宗閔王起賈餗四人

皆相次拜相先是白居易在翰林爲考校官後
僧孺罷相出鎮揚州居易在洛中有詩云北闕
至東京風先十六程坐移丞相閤春入廣陵城
紅旆擁雙節白鬚無一莖萬人開路看百吏立
班迎閤外君彌重罇前我亦榮何須身自得將
相是門生
公始至京置琴書灞滻間先以所業謁韓文公
皇甫員外二公披卷〻首有說樂二章未閱其
詞遽曰且以拍板爲什麼對曰樂句二公相顧

大喜曰斯高文必矣公曰謀所居二公良久曰可于客戶坊稅一廟院公如所教二公復誨之曰某日可遊青龍寺薄莫而歸二公其日聯鑣至彼曰大書其門曰韓愈皇甫湜同謁幾官先輩不遇翼日輦轂名士咸往觀焉奇章之名由是赫然矣或云僧孺登第與同輩登政事堂宰相曰掃廳奉候

樂天求箏于維揚僧孺先有詩曰但愁封寄去魔物或驚禪樂天云會教魔女美不動是禪心

樂天云思黯自誇前後服鍾乳三千两而歌舞之妓甚多乃謔予衰老故答思黯詩云鍾乳三千两金釵十二行妬他心似火欺我鬢如霜慰老資歌笑消愁仰酒漿眼看狂不得狂得且須狂竒章又有詩云不是道公狂不得恨公逢我不教狂

李紳

紳初以古風求知於呂温〻見齊煦誦憫農詩曰春種一粒粟秋收萬顆子四海無閒田農夫

猶餓死鋤禾日當午汗滴禾下土誰知盤中飧粒〻皆辛苦温曰此人必爲卿相果如其言

紳字公垂中書令敬元孫號短李穆宗名爲翰林學士與李德裕元稹同時號三俊武宗時爲相居位四年出鎮淮南卒

憶夜直金鑾奉詔承旨詩云月當銀漢玉繩低深聽簫韶碧落齊門壓紫垣高綺樹閣連青瑣近丹梯墨宣外渥催飛詔草定新恩促換題明日獨歸花路近可憐人世隔雲泥

劉禹錫

長慶中元微之夢得韋楚客同會樂天舍論南朝興廢各賦金陵懷古詩劉滿引一杯飲已即成曰王濬樓船下益州金陵王氣黯然收千尋鐵鎖沈江底一片降幡出石頭人世幾回傷往事山形依舊枕寒流而今四海為家日故壘蕭蕭蘆荻秋白公覽詩曰四人探驪龍子先獲珠所餘鱗爪何用邪于是罷唱

元和十年自朗州召至京戲贈看花君子云紫

陌紅塵拂面来無人不道看花回元都觀裏桃千樹盡是劉郎去後栽再遊元都觀絶句并序云余貞元二十一年爲屯田郎時此觀未有花是歲出牧連州貶朗州司馬居十年召至京師人人皆言有道士手植仙桃滿觀如紅霞遂有前篇以志一時之事旋又出牧今十有四年復爲主客郎中重遊元都蕩然無復一樹惟兎葵燕麥動揺春風耳因再題二十八字以俟後遊時太和二年三月也詩云百畝中庭半是苔桃

花淨盡菜花開種桃道士歸何處前度劉郎今
又來

禹錫嘗對賓友每吟張博士籍詩云藥酒欲開
期好客朝衣暫脫見閑身對花木則吟王右丞
詩云興闌啼鳥換坐久落花多白二十二好余
秋水詠云東屯滄海闊南瀼洞庭寬余自知不
及韋蘇州春潮帶雨晚來急野渡無人舟自橫
嘗過洞庭雖爲一篇思杜員外落句云年去年
來洞庭上白蘋愁殺白頭人鄙夫之言有愧于

杜公也楊茂卿挍書過華山詩曰河勢崐崙遠山形菡萏秋此實爲佳句

白樂天任杭州刺史攜數妓還洛陽後却還錢塘故禹錫戲答云其那錢塘蘇小小憶君淚點石榴裙

沈存中曰禹錫霓裳羽衣曲云三鄉陌上望僊山歸作霓裳羽衣曲又王建詩云聽風聽水作霓裳樂天詩注云開元中西涼府節度使楊敬述造鄭愚津陽門詩注云葉法善嘗引上入月

宮聞仙樂及上歸但記其半遂于篴中寫之會
西涼府都督楊敬述進婆羅門曲與其聲調相
符遂以月中所聞爲散序用敬述所進爲其腔
而名霓裳羽衣曲說各不同今蒲州逍遥樓楣
上有唐人横書類梵字相傳是霓裳譜字訓不
通莫知是非或謂今燕部有獻仙音曲乃其遺
聲然霓裳本謂之道調法曲今獻仙音乃小石
調耳未知孰是

山圍故國周遭在潮打空城寂寞回淮水東邊

舊時月夜深還過女墻来樂天掉頭苦吟歎賞良久曰石頭詩云潮打空城寂寞回我知後之詩人不復措詞矣禹錫金陵五題自序云

禹錫字夢得附叔文擢度支員外郎人不敢斥其名號二王劉柳憲宗立禹錫貶連州未至斥朗州司馬作竹枝詞武元衡初不爲宗元所喜自中丞下除右庶子及是執政禹錫久落魄乃作問大鈞謫九年等賦又序張九齡事爲詩欲感諷久之名還宰相欲任南省郎乃作元都觀

看花君子詩當路不喜出爲播州易連州徙夔州由和州刺史入爲主客郎中復作遊元都觀詩有兎葵燕麥之語聞者益薄其行俄分司東都裴度薦爲集賢學士度罷出刺蘇州徙汝同二州會昌朝檢校禮部尚書卒

故國思如此若爲天外心寄白公句

湖上收宿雨句

故人日已遠窗下塵滿琴坐對一樽酒恨多無力斟幕疎螢色過露重月華深萬境與羣籟此時情豈任無題

禪思何妨在玉琴真僧不見聽

時心秋堂境寂夜將半雲去蒼梧湘水深聽琴

右張爲取作主客圖

夢得曰柳八駁韓十八平淮西碑云左飧右粥何如我平淮西雅云仰父俯子韓碑兼有帽子使我爲之便說用兵伐叛矣夢得曰韓碑柳雅余爲詩云城中晨雞喔喔鳴城中鼓角聲和平美愬之入蔡城也須臾之間賊無覺者又落句云始于元和十二載重見天寶昇平時以見平淮之年

陳潤

送駱徵君云野人膺辟命溪上掩柴扉黄卷猶将去青山豈更歸馬留苔蘚迹人脱薜蘿衣他日相思處天邊望少微

潤大歷閒人終坊州鄜城縣令樂天之外祖也

丈夫不感恩感恩寧有淚心頭感恩血一滴染天地右張爲取作主客圖

賈島

島字浪仙一作閬仙范陽人初爲浮圖名無本能詩

獨變格入僻以矯艷于元白來洛陽韓愈教爲
文去浮圖舉進士終普州司戶島久不第吟病
蟬之句以刺公卿或奏島與平曾等爲十惡逐
之詩曰病蟬飛不得向我掌中行折翼猶能薄
酸吟尚極清露華凝在腹塵點誤侵睛黄雀并
烏鳥俱懷害爾情大中末授遂州長江簿初之
任屆東川守者厚禮之島獻感恩詩曰匏革奏
終非獨樂軍城未曉啓重門何時却入三台貴
此日空知八座尊羅綺舞閒收雨點貔貅閫外

卷雲根逐遷遷屬吏隨賓列撥棹扁舟不忘恩自
長江遷普州司倉方干自鏡湖寄詩曰亂山重
復疊何處訪先生豈料多才者空垂不第名閒
曹猶得醉薄俸亦勝畊莫問吟詩苦年〻芳草
平島至老無子曰啖牛肉得疾終于傳舍
島詩有警句韓退之喜之其渡桑乾詩曰客舍
并州三十霜歸心日夜憶咸陽無端更渡桑乾
水却望并州是故鄉
又赴長江道中詩曰策杖馳山驛逢人問梓州

長江何日到行客替生愁晉公度初立第于街西興化里鑿池種竹起臺榭島方下第或以爲執政惡之故不在選怨憤題詩曰破却千家作一池不栽桃李種薔薇薔薇花落秋風起荊棘滿庭君始知皆惡其不遜島爲僧時洛陽令不許僧午後出寺島有詩云不如牛與羊猶得日暮歸韓愈惜其才俾反俗應舉貽其詩曰孟郊死塟北邙山日月星辰頓覺閑天恐文章中斷絕再生賈島在人間由是振名或曰非退之詩

題杜司戶亭子云牀頭枕是溪邊石井底泉通竹下池宿客未眠過夜半獨聞山雨到來時

題李欵幽居云閒居少鄰並草徑入荒鄔鳥宿池中樹僧敲月下門過橋分野色移石動雲根暫去還來此幽期不負言

哭孟郊云身死聲名在多應萬古傳寡妻無子息破宅帶林泉塚近登山道詩隨過海船故人相弔處斜日下寒天

夜半長安雨燈前越客吟（贈吳處士句）島嶼夏雲起

汀洲芳草深句秋風吹渭水落葉滿長安句山鐘夜渡空江水汀月寒生古石樓句舊國別多日故人無少年句

李正封

唐文宗好詩太和中賞牡丹上謂陳脩已曰今京邑人傳牡丹詩誰爲首脩已對曰中書舍人李正封詩天香夜染衣國色朝酣酒時楊妃侍上曰粧臺前宜飲以一紫金盞酒則正封之詩見矣

退之正封從軍有晚秋郾城聯句詩正封云從軍古云樂談笑青油幕燈明夜觀棋月暗秋城柝遂爲警策

正封字中護終監察御史

崔護

護字殷功貞元十二年登第終嶺南節度使

沈存中云唐人以詩主人物故雖小詩莫不極工而後已所謂旬鍛月鍊者信非虛言小說護題城南詩其始曰去年今日此門中人面桃花

相暎紅人面不知何處去桃花依舊笑春風後以其意未全語未工改第三句曰人面祇今何處去至今所傳有此兩本惟本事詩作祇今何處在唐人作詩大率如此雖有兩今字不恤也取語意爲主耳後人以其有兩今字故多行前篇 筆談

張又新

又新字孔昭薦之子附逢吉罷貶汀州刺史又附李訓訓死復坐貶終左司郎中

時號又新張三頭謂進士狀頭宏詞敕頭京兆解頭又新嘗作廣陵從事有佐酒妓每致情焉後二十年罷江南郡舟道廣陵適李紳鎮淮南又新方懼其讐己而又遇風漂没二子紳憫然復書曰端溪不讓之詞愚罔懷怨荆浦沈淪之事鄙實憫然宴遇殊厚前所謂酒妓者猶在席又新以指染酒即席爲詞曰雲雨分飛二十年當時求夢不曾眠今來頭白重相見還上襄陽玳瑁筵李即命妓歌以送酒

柳公權

公權武宗朝在內庭上嘗怒一宮嬪久之既而復召謂公權曰朕恠此人若得學士一篇當釋然矣目御前蜀牋數十幅授之公權略不佇思而成一絕曰不分前時忤主恩已甘寂寞守長門令朝却得君王顧重入椒房拭淚痕上大悅令宮人上前拜謝之

文宗時充翰林學士從幸永安宮苑中駐驊謂公權曰我有一喜事邊上衣賜久不及時今年

二月給春衣訖公權前奉賀上曰可賀我以詩宮人迫其口進公權應聲曰去歲雖無戰今年未得歸皇恩何以報春日得春衣上悅激賞之」文宗夏日與諸學士聯句曰人皆苦炎熱我愛夏日長公權續曰薰風自南来殿閣生微涼諸學士屬和帝獨諷公權兩句詞清意足不可多得乃令公權題于壁上字方圓五寸帝觀之歎曰鍾王復生無以加矣

公權字誠懸卒于太子太保

陸鴻漸

太子文學陸鴻漸名羽其先不知何許人景陵龍盖寺僧姓陸于堤上得初生兒收育之遂以陸爲氏及長聰俊多聞學贍詞逸詼諧辯捷性嗜茶始創煎茶法至今鬻茶之家陶爲其像置于湯噐之間云宜茶足利至太和中復州有一老僧云是陸僧弟子常諷其歌云不羨黄金罍不羡白玉杯不羨朝入省不羨暮入臺惟羡西江水長向金陵城下来鴻漸又撰茶經三卷行

于代令爲鴻漸形曰目爲茶神有售則祭之無則以釜湯沃之

章孝標

孝標元和十三年下第時輩多爲詩以刺主司獨孝標爲歸燕詩留獻侍郎庾承宣得詩展轉吟諷庾重典禮曾孝標來年登第詩云舊壘危巢泥已落今年故向社前歸連雲大廈無栖處更向誰家門户飛孝標及第除正字東歸題杭州樟亭驛云樟亭驛上題詩客一半尋爲山下

塵世事日隨流水去紅花還似白頭人初成落句云紅花真笑白頭人改為還似且曰我將老成名似我芳艷詎能久乎及還鄉而逝或曰前有八元後有孝標皆桐盧人復同姓而皆不達

李紳鎮揚州請孝標賦春雪詩命題于臺盤上孝標唯然索筆一揮云六出飛花處處飄粘窗拂砌上寒條朱門到晚難盈尺盡是三軍喜氣消

長安秋日云田家無五行水旱卜蛙聲牛犢乘

春放兒孫候暖畊池塘烟未起桒柘雨初晴歲晚香醪麩村村自送迎之右二詩韋莊又元集取

施肩吾

肩吾洪州人元和十年登第以洪州西山羽化之地慕其真風高蹈于此爲詩奇麗著百韻山居詩才情富贍如荷翻紫蓋搖波面蒲映青刀插水湄又烟粘薜荔龍鬚軟雨壓芭蕉鳳翅垂隋曲有踈勒鹽唐曲有突厥鹽阿鵲鹽或云關中人謂好爲鹽故肩吾詩云顛狂楚客歌成雪

媚嫵吳娘笑是鹽葢當時語也今杖鼓譜中尚
有鹽杖聲

孟簡

元和中簡將試詣日者卜之曰近東門坐即得
之矣既入郎坐西廊迫晚忽得疾隣坐請與終
篇見其姓即東門也乃擢上第
簡字幾道德州人元和中爲戶部侍郎以贓貶
後以太子賓客分司卒尤工詩尚節義

張肅遠

觀燈云十萬人家火燭光門〻開處見紅粧歌鍾喧夜更漏暗羅綺滿街塵土香星宿別從天畔出蓮花不向水中芳寶釵驟馬多遺落依舊明朝在路傍

肅遠元和進士登第與舒元輿聲價俱美出廣摭言

秦雲寂〻僧還定盡日無人鹿遶床句　日暮風吹官渡柳白鴉飛出石墻頭廢城句　雙〻白燕入祠堂乳石洞玉女祠句　右張爲取作主客圖

許康佐

元稹酬許五康佐詩云猿啼三峽雨蟬報兩京秋珠玉懸新贈芝蘭忝舊遊他年問狂客須向老農求

康佐以中書舍人爲翰林侍講學士與王起皆爲文宗寵禮帝讀春秋至閽弑吴子餘祭問閽何人耶康佐以中官方强不敢對帝嬉笑後問李訓訓曰國君不近刑人以爲輕死之道帝曰朕近刑人多矣得不慮哉訓曰列聖知而不能遠惡而不能去陛下念之宗廟福也于是内謀

剪除奚康佐終禮部尚書

張南史

陸滕宅秋雨中探韻云同人永日自相將深竹閒園偶辟疆已被秋風教憶鱠更聞寒雨勸飛觴歸心莫問三江水旅服徒沾九月霜醉裏欲尋騎馬路蕭條幾處有垂楊

南史字季直幽州人以試參軍避亂居揚州再名未赴而卒

徐凝

范攄言樂天爲杭州刺史令訪牡丹獨開元寺僧惠澄近于京師得之植于庭時春景方深惠澄設油幕覆其上會凝自富春来未識白先題詩曰此花南地知難種慙愧僧閒用意栽海燕解憐頻睥睨胡蜂未識更徘徊虚生芍藥徒勞妬羞殺玫瑰不敢開惟有數苞紅萼在含芳直待舍人来白尋到寺看花乃命徐同醉而歸時張祜榜舟而至二生各希首薦白曰二君論文若廉藺之鬭鼠穴勝負在此一戰也遂試長劍

倚天外賦餘霞散成綺詩試訖解送凝爲元祜次耳祜曰祜詩有地勢遥尊岳河流側讓關又題金山寺詩曰樹影中流見鐘聲兩岸聞雖綦毋潛云塔影挂青漢鐘聲和白雲此句未爲佳也凝曰美則美矣爭如老夫今古長如白練飛一條界破青山色凝遂擅場祜歎曰榮辱糺紛亦何常也遂行歌而邁凝亦鼓枻而歸自是二生不隨鄉賦矣白又以祜宮詞四句皆數對未足奇也後杜牧守秋浦與祜爲詩酒友酷吟祜宮

詞以白有非祐之論常不平之乃爲詩以高之
曰睫在眼前人不見道于身外更何求誰人得
似張公子千首詩輕萬户侯又曰如何故國三
千里虚唱歌詞滿六宫杜盛言其美者欲以苟
異于白而曲成于張也故牧又著論言近有元
白者喜爲淫言媟語鼓扇浮囂吾恨方在下位
未能以法治之斯亦數佐于祐耳潘若沖郡閣
雅談云凝官至侍郎多吟絶句曾吟廬山瀑布
膾炙人口又題處州縉雲山黄帝上昇之所鼎

湖盖黄帝鑄鼎處也有池在山頂詩云黄帝旌旗去不回空餘片石碧崔嵬有時風捲鼎湖浪散作晴天雨點來自後無敢題者凝送馬向遊蜀云遊子去咸京巴山萬里程白雲連鳥道青壁遞猿聲雨露經泥坂烟花帶錦城工文人共許應記蜀中行

青山舊路在白首醉還鄉別白公句試到第三橋便入千頃花句

宿洌上人房云浮生不定若蓬飄林下真僧偶

見招覺後始知身是夢更聞寒雨滴芭蕉

令狐楚

楚自翰林學士拜相子淘自湖州召入翰林為學士間歲拜相渭南尉趙嘏獻詩曰鶚在卿雲冰在壺代天才業奉訏謨榮同伊陟傳朱戶秀比王商入畫圖昨夜星辰回劍履前年風月滿江湖不知機務時多暇猶許詩家屬和無

張仲素

桂魄初生秋露微輕羅已薄未更衣銀箏夜久

殷勤美心怯空房不忍歸

送春詞云日〻人空老年〻春更歸相歡在尊酒不用惜花飛

閨人思云愁見遊空百丈絲春風惹斷更傷離閒花落徧蒼苔地盡日無人誰得知

仲素字繪之建封之子憲宗以仲素段文昌爲翰林學士韋貫之曰學士所以備顧問不宜專取詞藝罷之後終中書舍人

郎士元

送張南史云雨餘深巷靜獨釣送殘春車馬雖嫌僻鶯花不棄貧蟲散粘户網鼠迹印床塵借問山陽會如今有幾人

士元字君胄中山人寶應中選畿縣官詔試中書補渭南尉歷拾遺郢州刺史

高仲武云士元員外河岳英奇人倫秀異自家刑國遂擁大名右丞已後與錢郎更長自丞相以下出使作牧二公無詩祖餞時論鄙之兩公詞體大約欲同就中郎公稍更閒雅近于康樂

如荒城背流水遠雁入寒林又去鳥不知倦遠帆生暮愁又蕭條夜静邊風吹獨倚營門望秋月可齊衡古人掩映時輩又暮蟬不可聽落葉豈堪聞古人謂謝脁工於發端比之于今有慙沮矣

送彭將軍云雙旌漢飛將萬里獨横戈春色臨關盡黄雲出塞多鼓鼙悲寂寞烽火隔長河莫斷陰山路天驕已請和

于良史

春山夜月云春来多勝事賞玩夜忘歸掬水月在手弄花香滿衣興来無遠近欲去惜芳菲南望鐘鳴處樓臺深翠微

冬日寄李贊府云地際朝陽滿天邊宿霧收風兼殘雪起河帶斷氷流北闕馳心極南圖尚旅遊登臨思不已何處得消憂

閒居寄薛據云隱几讀黄老閒齋耳目清僻居人事少多病道心生雨洗山林溼鴉鳴池館晴晚来曰廢卷行藥至西城

高仲武云良史詩清雅工于形似如風兼殘雪起河帶斷氷流吟之未終較然在目

舒元輿

太和九年誅王涯等仇士良愈專恣文宗惡之雖登臨遊幸未嘗爲樂或瞠目獨語左右莫敢進問因題詩曰輦路生春草上林花滿枝憑高何限意無復侍臣知一日看牡丹或吟曰折者如語含者如咽俯者如愁仰者如悅吟罷方省元輿詞不覺歎息泣下沾衣

李賀

杜牧之序其文集云賀字長吉元和中韓吏部亦頗道其歌詩雲烟綿聯不足爲其態也水之迢迢不足爲其情也春之盎盎不足爲其和也秋之明潔不足爲其格也風檣陣馬不足爲其勇也瓦棺篆鼎不足爲其古也時花美女不足爲其色也荒國陊殿梗莽邱隴不足爲其恨怨悲愁也鯨呿鼇擲牛鬼蛇神不足爲其虛荒幻誕也盖騷之裔理雖不及詞或過之騷有感怨

刺懟言及君臣理亂時有以激發人意而賀所爲得無有是賀能探尋前事所以深歎恨今古未嘗經道者如金銅仙人辭漢歌補梁庚肩吾宮體謠求取情狀離絕遠去筆墨畦徑間亦殊不能知之賀生二十七年死矣世皆曰使賀且未死少加以理奴僕命騷可也

柳宗元

雪詩云千山鳥飛絕萬逕人踪滅孤舟蓑笠翁獨釣寒江雪視鄭谷亂飄僧舍之句不侔矣東

坡居士云
子厚死三年愚溪無復曩時矣劉夢得聞之賦
三絶云溪水悠〻春自来草堂無主燕飛回隔
簾惟見中庭草一樹榴花依舊開草聖數行留
壞壁木奴千樹屬鄰家惟見里門通德牓殘陽
寂寞出樵車柳門竹巷依〻在埜草青苔日〻
多縱有鄰人解吹笛山陽舊侶更誰過
邵真
尋人偶題云日昃不復午落花難歸樹人生能

幾何莫厭相逢遇

真爲李寶臣成德軍掌書記寶臣死其子惟岳與田悅李正己拒命真諫之惟岳寤使真作奏復爲將吏所沮德宗詔張孝忠朱滔合兵討惟岳大敗其衆惟岳召真議歸順悅遣扈岌來責惟岳且欲斬真惟岳懼斬真以謝焉其後王武俊表其忠贈戶部尚書

李宣遠

宣遠貞元進士登第并州路作云秋日并州路

黄榆落照閒瓠城吹角罷數騎射鵰還帳幕遥
臨水牛羊自下山征人正垂淚烽火起雲間

王建

千牛仗下放朝初玉案傍邊立起居每日請來
金鳳紙殿頭無事不教書　延英引對碧衣郎
江硯宣毫各別床天子下簾親考試宫人手裏
過茶湯　少年天子愛邊功親到凌烟畫閣中
爲見勛臣寫圖本長教殿裏作屏風　新調白
馬怕鞭聲供奉騎來繞殿行爲報諸王侵早起

隔門催進打毬名　羅衫葉〻繡重〻金鳳銀
鵞各一叢每遍舞頭分兩向太平萬歲字當中
魚藻宮中鎖翠娥先皇行處不曾過如今池
底休鋪錦菱角雞頭積漸多　射生宮女宿紅
粧請得新弓各自張臨上馬時齊賜酒男兒跪
拜謝君王　宮人早起笑相呼不識堦前掃地
夫乞與金錢爭借問外頭還似此間無　日高
殿裏有香烟萬歲聲來動九天妃子院中初降
誕內人爭乞洗兒錢　銀燭秋光冷畫屏輕羅

小扇撲流螢天堦夜色涼如水卧看牽牛織女星　樹頭樹底覓殘紅一片西飛一片東自是桃花貪結子錯教人恨五更風　淚盡羅巾夢不成夜深前殿按歌聲紅顔未老恩先斷斜倚熏籠坐到明　鴛鴦瓦上瞥然聲晝寢宫娥夢裏驚元是吾皇金彈子海棠花下打流鶯

建初爲渭南尉值王樞密者盡宗人之分然彼我不均復懷輕謗之色忽過飲樞密深憾其譏乃曰我弟所作宫詞天下皆誦于口禁掖深邃

何以知之建不能對後爲詩以贈之乃脫其禍建詩曰先朝行坐鎭相隨今上春宮見長時脫下御衣偏得著進來龍馬每教騎常承密旨還家少獨對邊情出殿遲不是當家頻向說九重爭遣外人知

李灣紀事作朱灣

高仲武云李灣率履貞素放情江湖郡國交辟潛耀不起有唐高人也詩體幽遠興致洪深曰詞寫意窮理盡性于詠物尤工如受氣何曾異

開花獨自遲所謂哀而不傷國風之深者也

灣爲李勉永平從事灣秋夜宴王郎中宅賦得

露中菊云衆芳春競發寒菊露偏滋受氣何曾

異開花獨自遲晚成猶有分欲採未過時恐棄

東籬下看隨秋草衰

長安喜雪云千門萬户雪花浮點點無聲落瓦

溝全似玉塵消更積半成氷片結還流光含曉

色清天苑輕逐微風繞御樓平地已霑盈尺潤

年豐須荷富人侯

蘇郁

鸚鵡詞云莫把金籠閉鸚鵡個〻分明解人語
忽然更向君前語三十六宮愁幾許
和戎詩云關月夜懸青塚鏡塞雲秋薄漢宮羅
君王莫信和親策生得胡雛轉更多
郁貞元〻和間詩人

十二樓藏玉堞中鳳凰雙宿碧芙蓉流霞淺酌
誰同醉今夜笙歌第幾重步虛詞
吟倚雨殘樹月收山下邨

韋丹

丹字公明京兆人幼孤從外祖顔真卿元和中帥江西功第一

丹與東林靈澈上人爲忘形之契丹嘗爲思歸絶句以寄澈云王事紛〻無暇日浮生冉〻只如雲已爲平子歸休計五老巖前必共聞澈奉酬詩曰年老身閒無外事麻衣草坐亦容身相逢盡道休官去林下何曾見一人

王播

王播少孤貧嘗客揚州惠照寺木蘭院隨僧齋飡僧厭怠乃齋罷而後擊鐘後二紀播自重位出鎮是邦因訪舊遊向之題者皆以碧紗幕其詩播繼以二絕句曰三十年前此院遊木蘭花發院新脩如今再到經行處樹老無花僧白頭又上堂已了各西東慚愧闍黎飯後鐘三十年來塵撲面而今始得碧紗籠出摭言

周匡物

匡物字幾本漳州人元和十一年李逢吉下進

士及第時以歌詩著名家貧徒步應舉至錢塘乏僦船之資久不得濟乃題詩公館云萬里茫茫天塹遥秦皇底事不安橋錢塘江口無錢過又沮西陵兩信潮郡牧見之乃罪津吏

劉言史

皮日休劉棗強碑文云歌詩之風蕩來久矣大抵喪于南朝壞于陳叔寶然今之業是者苟不能求古于建安即江左矣苟不能求麗于江左即南朝矣或過爲艷傷麗病者即南朝之罪人

也我唐来有是業者言出天地外思出鬼神表讀之則神馳八極測之則心懷四溟磊磊落落真非世間語也自李太白百歲有是業者雕金篆玉牢奇籠恠百鍜爲字千鍊成句雖不追躅太白亦後来之佳作也其與李賀同時有劉棗強焉先生姓劉氏名言史不詳其鄉里所有歌詩千首其美麗恢贍自賀外世莫得比王武俊之節制鎮冀也先生造之武俊雄健頗好詞藝一見先生遂加異敬將置之賓位先生辭免武

俊善騎射載先生以貳乘逞其藝于野武俊先騎驚雙鴨起于蒲稗間武俊控弦不再發雙鴨聯斃于地武俊歡甚命先生曰某之技如是先生之詞如是可謂文武之會矣何不一言以讚耶先生由是馬上草射鳧歌以示武俊議者以爲禰正平鸚鵡賦之顛也武俊益重先生由是奏請官先生詔授棗強令先生辭疾不就世重之曰劉棗強亦如范萊蕪之類焉故相國隴西公夷簡之節度漢南也少與先生遊且思相見

命別將以襃之緜蕝千事賂武俊以請先生武俊許之先生由是爲漢南相府賓冠隴西公曰與之爲飲宴具獻酬之儀歌詩大播于當時爲隴西公從事或曰以某下走之才誠不足汚辱重地劉蕡強至重必以公賓劉于幕吏之上何抑之如是公曰愚非惜幕間一足地不容劉也然視其狀有不足稱者諸公視某與劉分豈有間哉然反爲之惜其壽耳後不得已問先生所欲爲先生曰司功掾甚閒或可承闕相國由是

掾之雖居官曹宴見與從事儀等後從事又曰劉棗强縱不容在賓署承乏於掾曹詘矣奚不疏整其秩相國不得已而表奏焉詔下之日先生不恙而卒相國哀之慟曰果然止掾曹斃我愛客葬之有加等墳去襄陽郭五里曰柳子關後先生數十歲日休始以鄙文稱於襄陽襄陽邑人劉求高士也嘗述先生之道業嘗詠先生之歌詩且歎曰襄之人只知有浩然墓不知有先生墓恐百歲之後湮滅而無聞與荆棘凡骨

閫吾子之文吾當刊焉曰休幸存既撫實録之何愧嗚呼先生之官卑不稱其德宜加私謚然隶强之號世已美矣故不加焉是爲劉隶强碑

劉猛

月生十五前日望光彩圓月生十五後日畏光彩瘦不見夜光色一尊成暗酒匣中龍背鏡光短不照空不惜補明月慙無此良工月生句自念數年間兩手中藏鉤於心且無恨他日爲我羞古老傳童歌連淫亦兵象夜夢戈甲鳴苦不顧

年長苦雨句朝梳一把白夜淚千滴雨可恥垂拱
時老作在家女晚句
元徵之酬劉猛見送詩如云神劍土不蝕異布
火不燒其推重如此

李餘

長安東門別立馬生白髮句霽後軒蓋繁南山
瑞烟發句嘗聞車馬繁土薄憂水聲句
餘登長慶二年進士第蜀人也張籍送餘歸蜀
詩云十年人詠好詩章今日成名出舉場歸去

惟将新誥牒後來争取舊衣裳山橋曉上蕉花
暗水店晴看芋葉光鄉里親情相見日一時攜
酒上高堂

又賈島送餘往湖南云昔去候温涼秋山滿蜀
鄉令來從辟命春物變涔陽岳石挂海雪野楓
堆渚檣若尋吾祖宅寂寞在瀟湘

李涉

題崔林寺僧室云終日昏ゝ醉夢間忽聞春盡
强登山因過竹院逢僧話又得浮生半日閑

晚泊閏州聞角云孤城吹角水茫茫曲引邊聲
怨思長驚起暮天沙上鴈海門斜去兩三行
但將鐘鼓悦私慶肯以犬羊爲國羞句尼父未
適魯僂僂倦迷津徒懷教化心紆鬱不能伸一遇
知己言萬方始喧喧至今百王則孰不挹其源句

劉昭禹

昭禹字休明婺州人也少師林寬爲詩刻苦風
雪詩云句向夜深得心從天外歸
嘗與人論詩曰五言如四十個賢人著一字如

屠沽不得覓句者若掘得玉合子底必有蓋但精心求之必獲其寶在湖南累爲宰後署天策府學士嚴州刺史卒於桂州幕中有詩三百首

孫昌允

和司空曙劉眘虛九日送人云京邑歎離羣江纓喜遇君開筵當九日泛菊外浮雲朗詠山川霽酣歌物色曛君看酒中意未肯喪斯文

柳子厚與韋中立書云古者重冠禮将以責成人之道是聖人所尤用心者也數百年來人不

復行近有孫昌允者獨發憤行之既成禮明日
造朝到外廷薦笏言於卿士某子冠畢應之者
咸憮然京兆尹鄭叔則怫然曳笏却立曰何預
我邪廷中皆大笑天下不以非鄭尹而怪孫子
何哉獨爲所不爲也
昌允登天寶進士第
嚴休復
揚州唐昌觀玉蘂花折有仙人遊悵然成二絶
云終日齋心禱玉宸魂消目斷未逢真不如滿

樹瓊瑤蘂笑對藏花洞裏人又羽車潛下玉龜山塵世何由覩舜顔唯有無情枝上雪好風吹綴綠雲鬟

元和中見一女子從以二女冠三小僕直造花所佇立良久命小童折花數枝謂黃冠者曰曩有玉峯之期自是可以行矣行百步許遂不復見休復有詩元微之和云弄玉潛歸玉樹時不教青鳥出花枝的應未有諸人覺只恐嚴郎卜得知

樂天詩云嬴女偷乘鳳下時洞中潛歇弄花枝不緣啼鳥春饒舌青瑣僊郎可得知

朱慶餘

慶餘遇水部郎中張籍知音索慶餘新舊篇擇留二十六章置之懷褏而推贊之時人以籍重名皆繕録諷詠遂登科慶餘作閨意一篇以獻曰洞房昨夜停紅燭待曉堂前拜舅姑粧罷低聲問夫壻畫眉深淺入時無籍酬之曰越女新粧出鏡心自知明豔更沉吟齊紈未足時人貴

一曲蔆歌敵萬金由是朱之詩名流於海内矣
又題王侯廢宅云古巷戟門誰舊宅早曾聞說
屬官家更無新燕來巢屋惟有閒人去看花空
廄欲摧塵滿櫪小池初涸草侵沙繁華事歇皆
如此立馬踟躕到日斜
張籍送慶餘歸越云東鄰歸路遠幾日到鄉中
有寺山皆徧無家水不通湖聲蓮葉雨野氣稻
苗風州縣知名久争邀與客同

楊虞卿

過小妓英英墓云淩晨騎馬出皇都聞說埋花
在路隅别我已爲泉下土思君猶似掌中珠四
弦品柱聲初絶三尺孤墳草已枯蘭質蕙心何
所在焉知過者是狂夫樂天夢得皆有和章
樂天云人間有夢何曾入泉下無家豈是歸墳
上少啼留取淚明年寒食更沾衣
夢得云但見好花皆易落從來尤物不長生鸞
臺夜直衣衾冷雲雨無因入禁城
虞卿字師臯虢州人侫柔善諧麗宗閔僧孺相

穆宗引爲右司郎中宗閔倚之時號黨魁爲京兆尹以罪貶虔州司户叅軍死

楊汝士

唐名族重京官而輕外任汝士建節後詩云抛却弓刀上砌臺上方樓殿窄雲開山僧見我衣裳窄知道新從戰地來又云而今老大騎官馬羞向關西道姓楊寶歷中楊於陵僕射入覲其子嗣復率兩榜門生迎於潼關宴新昌里第僕射與所執坐正寢嗣復領諸生翼兩序元白俱

在賦詩席上汝士詩後成元白覽之失色詩曰
隔座應須賜御屏盡將仙翰入高冥文章舊價
留鸞掖桃李新陰在鯉庭再歲生徒陳賀宴一
時良史盡傳馨當年疏廣雖云盛詎有茲筵醉
醁醽其日大醉歸謂其子弟曰吾今日壓倒元
白時為刑侍
裴令公居守東洛夜宴半酣公索句元白有德色
時公為破題次至汝士曰昔日蘭亭無艷質此時
金谷有高人白知不能加遽裂之曰笙歌鼎沸勿

作冷淡生活元顧曰樂天所謂能全其名者也

張志和

漁父歌云西塞山前白鷺飛桃花流水鱖魚肥青箬笠綠蓑衣斜風細雨不須歸又云釣臺漁父褐爲裘兩〻三〻舴艋舟能縱棹慣乘流長江白浪不曾憂又云雪溪灣裏釣魚翁舴艋爲家西復東江上雪浦邊風笑著荷衣不歎窮又云松江蟹舍主人歡菰飯蓴羹亦共飡楓葉落荻花乾醉宿漁舟不覺寒又云青草湖中月正

圓巴陵漁父櫂歌連釣車子掘頭船樂在風波不用僊

嚴維

維字正文越州人與劉長卿善長卿對酒寄維云陋巷喜陽和衰顔對酒歌懶從華髮亂閒住白雲多郡簡容垂釣家貧學弄梭門前七里瀨早晚子陵過維答云蘇耽佐郡時近出白雲司藥補清羸疾窓吟絶妙詞柳塘春水漫花塢夕陽遲欲識懷君意朝朝訪檝師時劉爲睦州司馬

李播

播以郎中典蘄州有李生攜詩謁之播曰此吾未第時行卷也李曰頃於京師書肆百錢得此游江淮間二十餘年欲幸見惠播遂與之因問何往曰江陵謁表丈盧尚書播曰公又錯也盧是某親表丈李慙悚失次進曰誠若郎中之言與荆南表丈一時乞取再拜而出

李德裕

元和十一年歲在丙申李逢吉下三十三人皆

取寒素時有詩曰元和天子丙申年三十三人同得僊袍似爛銀文似錦相将白日上青天德裕頗爲寒素開路及謫官南去或有詩曰八百孤寒齊下淚一時回首望崖州出摭言

鄭還古

還古閒居東都将入京赴選柳當将軍者餞之酒酣以一詩贈柳氏之妓曰冶艷出神仙清歌勝管弦詞輕白紵曲歌遏碧雲天未擬生裴秀何如乞鄭元不堪金谷水橫過墜樓前柳喜甚

曰專侯榮命以此爲賀未幾還古除國子博士郴見除目即遣入京及嘉祥驛而還古物故迺放妓他適逸史載還古初娶郴氏女嘉會之初夢娶房氏後郴卒再娶東都李氏屬房直温爲東洛少尹李之舅也昬禮皆房主之始知舊夢之前定也

還古登元和進士第

裴休

贈黄蘗山僧希運詩曰自從大士傳心印額上

圓珠七尺身挂錫十年栖蜀水浮杯今日渡江濵一千龍象隨高步萬里香華結勝因擬欲事師爲弟子不知将法付何人休會昌中官於鍾陵請運至郡以所解一篇示之師不顧曰若形於紙墨何有吾宗休問其故曰上乘之印惟是一心更無别法心體一空萬緣俱寂如大日輪升於虚空其中照耀静無纖埃證之者無新舊無淺深説之者不立義解不開戸牖直下便是動念即乖其後休録之爲傳心法要云

休字公美益州人大中六年為相能文章為人蘊籍進止雍閑宣宗曰休真儒者

薛宜僚

宜僚以左庶子充新羅冊贈使至青州悅一妓段東美賦詩曰阿母桃花方似錦王孫草色正如烟不須更向滄溟望惆悵歡情又一年到外國謂判官苗甲曰東美何故頻見夢中數日而卒櫬至青段奠之一慟而卒

九老會胡杲

九老會賦詩云閒居同會在三春大抵愚年最出羣霜鬢不嫌杯酒興白頭仍愛玉爐薰徘徊玩柳心猶健老大看花意却勤鑿落滿斟捹酩酊香囊高挂任氤氳搜神得句題紅紙望景長吟對白雲今日交情何不替齊年同事聖明君

杲年八十九懷州司馬

吉皎

休官罷任已閒居林苑園亭興有餘對酒最宜花藻發邀懽不厭柳條初低腰醉舞垂緋袖擊

筋謳歌任褐裾寧用管絃來合雜自親松竹且清虛飛觥酒到須先酌賦詠詩成不住書借問商山賢四皓不知此後更何如皎衛尉卿致仕年八十八

劉真

垂絲今日幸同筵朱紫居身是大年賞景尚知心未退吟詩猶覺力完全閒庭飲酒當三月在席揮毫象七賢山茗煮時秋霧碧玉杯斟處綠霞鮮臨堦花笑如歌妓傍竹松聲當管絃雖未學窮生死訣人間豈不是神僊真前磁州刺史年八十七

鄭據

東洛幽閒日暮春邀懽多是白頭賓官班朱紫多相似年紀高低次第勻聯句每言松竹意停杯多說古今人更無外事來心肺空有清虛入思神醉舞兩回迎勸酒狂歌一曲會閒身今朝何事偏情重同作明時列任臣據前龍武軍長史年八十五

盧真

三春已盡洛陽宮天氣初晴景象中千朵嫩桃迎曉日萬株垂柳逐和風非論官位皆相似及

至年高亦共同對酒歌聲猶覺妙玩花詩思豈能窮先時共作三朝貴今日猶逢七老翁但願醁醽常滿酌烟霞萬里會能通真前侍御史內供奉官年八十三

張渾

幽亭春盡共爲歡印綬居身是大官遁迹豈勞登遠岫垂絲何必坐溪磻詩聯六韻猶應易酒飲三杯未覺難每況襟懷同宴會共將心事比波瀾風吹野柳懸羅帶日照庭花落綺紈此席不須鋪錦帳斯筵堪作畫圖看渾前永州刺史年七十七

白居易

七人五百八十四拖紫紆朱垂白鬚囊裏無金莫嗟嘆尊中有酒且歡娛吟成六韻神還壯飲到三杯氣尚麄嵬峩狂歌教婢拍婆娑醉舞遣孫扶天年高邁二疏傳人數多於四皓圖除却三山五天竺人間此會且應無居易刑部尚書致仕年七十四

樂天退居洛中作尚齒九老之會其序曰胡吉劉鄭盧張等六賢皆多年壽余亦次焉於東都獘居履道坊爲尚齒之會七老相顧既醉且歡

靜而思之此會希有因各賦七言六韻詩一章以記之或傳諸好事者時會昌五年三月二十四日樂天云其年夏又有二老年貌絶倫同歸故鄉亦來斯會續命書姓名年齒寫其形貌附於圖右與前七老題爲九老圖仍以一絶贈之云雪作鬚眉雲作衣遼東華表暮雙歸當時一鶴猶希有何況今逢兩令威洛中遺老李元爽年一百三十六禪僧如滿年九十五歲又云時秘書狄兼謨河南尹盧貞以年未及七十雖與會而不及列

終

全唐詩話

[宋]尤袤 撰

拾瑶叢書

下册

文物出版社

全唐詩話卷四

宋　尤袤　著

後學　何文煥　訂

項斯

斯字子遷江東人始未為聞人曰以卷謁楊敬之楊苦愛之贈詩云幾度見詩〻盡好及觀標格過于詩平生不解藏人善到處逢人說項斯未幾詩達長安明年擢上第

蒼梧雲氣詩云何年畫作愁漠〻便難收數點

山能遠平鋪水不流溼連湘竹暮濃葢舜墳秋
亦有思鄉客看來盡白頭

滕邁

湖州崔芻言郎中初爲越副戎宴席中有周德
華者劉採春女善歌楊柳枝詞所唱七八篇皆
名流之詠滕邁郎中一首云三條陌上拂金羈
萬里橋邊映酒旗此日令人腸欲斷不堪將入
笛中吹
雲溪子曰杜牧舍人云巫娥廟裏低含雨宋玉

堂前斜帶風滕郎中又云陶令門前罥接羅亞夫營裏拂旌旗但不言楊栁二字最為妙也是以姚合郎中吟道旁亭子詩云南陌遊人迴首去東林過者杖藜歸不稱亭而意見矣

邁登元和進士第

裴思謙

思謙及第後作紅箋名紙十數詣平康里因宿于里中詰旦賦詩曰銀釭斜背解鳴璫小語偷聲賀（一作喚）玉郎從此不知蘭麝貴夜來新染桂

枝香

思讜開成三年登進士第

廖有方

有方元和十年失意遊蜀至寶雞西界窆旅逝者書版記之曰余元和乙未歲落第西征適此聞呻吟之聲潛聽而微惙也問其疾苦住止對曰辛勤數舉未遇知音盼睞叩頭久而復語惟以殘骸相託餘不能言俄而逝余乃鬻所乘馬於村豪備棺瘞之恨不知其姓字臨岐淒斷復

為詩曰嗟君沒世委空囊幾度勞心翰墨場半
面為君申一慟不知何處是家鄉明年李逢吉
擢有方及第唐之義士也交州人柳子厚以序
送之

姚合

張籍寄合詩云病来辭赤縣案上有丹經為客
燒茶竈教兒掃竹亭詩成添舊卷酒盡卧空瓶
闕下今遺佚誰占隱士星
武功縣閒居云縣去京城遠為官與隱齊馬隨

山鹿放雞雛野禽棲連舍惟籐架侵堦是藥畦
更師嵇叔夜不擬作書題
又云簿書多不會薄俸亦難消醉卧慵開眼閒
行嬾繫腰移花兼蝶至買石得雲饒且自心中
樂從他笑寂寥
方干哭姚監云入室幾人成弟子為儒是處哭
先生

宋雍

范攄云宋雍初無令譽及嬰瞽疾其詩名始彰

盧員外綸作擬僧之詩僧清江作七夕之詠劉隨州有眼作無眼之句宋雍無眼作有眼之詩詩流以爲四背或云四倒然詞意悉爲佳致盧公詩云頷得遠公知姓字焚香洗鉢過餘生清江詩曰惟愁更漏促離别在明朝劉隨州曰細雨溼衣看不見閒花落地聽無聲雍詩曰黃鳥不堪愁裏聽緑楊宜向雨中看

段文昌

文昌父鍔爲江陵令文昌自渚宮客遊成都韋

南康與奏釋褐爲賓從後劉闢逐佐外邑高崇文收蜀名復舊職指其椅曰此猶不足與君坐文昌遷請歸闕至興元西鵲鳴驛有異僧能前識謂文昌曰去日既逢梅蕊綻来時應見杏花開至京屢升擢自相位拜劍南節度西至鵲鳴僧已物故杏花方盛

文昌鎮蜀有題武擔寺西臺詩云秋天如鏡空樓閣盡玲瓏水暗餘霞外山明落照中鳥行看漸遠松韵聽難窮今日登臨意多歡笑語同

劉郇伯

郇伯與范鄭郎中為詩友范曾得一句云歲盡天涯雨久而莫屬郇伯曰何不曰人生分外愁范甚賞之出北夢瑣言

陳彥愽

恩賜魏文貞公諸孫舊第以導直臣云阿衡隨逝水池館主他人天意能酬德雲孫喜庇身生前由直道沒後振芳塵雨露新恩日芝蘭故里春勳庸流十代光彩映諸鄰共喜升平際從茲

得諫臣

白居易為翰林學士奏云今日奏宣令撰李師道請收贖魏徵宅還其子孫甚合朕心允其来奏臣伏以魏徵太宗宰相盡心輔佐以致太平在其子孫宜加優䘏事關激勸合出朝廷師道何人輒掠此美伏願明敕有司特以官錢收贖使還後嗣以勸忠臣則事出皇恩美歸聖德憲宗深然之其後有司以為詩題試進士

郜良驥

自蘄州至望亭驛有作云南浦菰蒲繞白蘋東吳黎庶逐黃巾野棠自發空流水江燕初歸不見人遠岫依〻如送客平田渺〻獨傷春淮中回首長洲苑烽火年〻報虜塵觀詩所載疑李錡叛時事也

崔嘏

施肩吾與之同年不睦嘏舊失一目以珠代之施嘲之曰二十九人及第五十七眼看花元和十五年也

唐球

球有詩名如臨池洗硯云恰似有龍深處卧被人驚起黑雲生又有漸寒沙上路欲暖水邉村亦佳句也球居蜀之味江山方外之士也為詩撚稿為圓納之大瓢中後卧病投瓢于江曰斯文苟不沈沒得者方知吾苦心爾至新渠有識者曰唐山人瓢也接得之十纔二三其題鄭處士隱居云不信最清曠及來愁已空數點石泉雨一溪霜葉風業在有山處道成無事中酌盡

一樽酒老夫顏亦紅贈行如上人云不知名利苦念佛老峨峨衲補雲千片香焚篆一窠戀山人事少憐客道心多日日齋鐘罷高懸濾水羅題青城觀云數里緣山不厭難為尋真訣問黄冠苔鋪翠點山橋滑松織香梢古道寒晝傍綠畦薅嫩玉夜開紅竈然新丹張鐘已斷泉聲在風動瑤花月滿壇

白敏中

敏中詩云一詔皇城四海頒醜戎無數束身還

戍樓吹笛人休戰牧野嘶風馬自閑河水九盤收數曲天山千里鎖諸關西邊北塞今無事爲報東南夷與蠻魏扶詩云蕭關新復舊山川古戍秦原景象鮮戎虜乞降歸惠化皇威漸被懾腥羶穹廬遠戍烟塵滅神武光揚竹帛傳左衽盡知歌帝澤從茲不更備三關崔鉉詩云邊塲萬里注恩波宇宙羣方洽凱歌右地名王爭解口遠方戎壘盡投戈烟塵永息三秋戍瑞氣遙清九折河共遇聖明千載運更觀俗异與民和」

王起長慶中再主文柄意欲以第一人處敏中恨其與賀拔惎爲友惎有文而落魄曰密令親知述意俾與惎絕敏中忻然曰如所教既而惎造門左右紿以敏中他適惎遲留不言而去俄頃敏中躍出見惎于是悉以實告乃曰一第何門不致奈輕負至交相與歡醉或語于起起曰我比只得敏中今當更取惎矣遂以第一人處惎而敏中居三焉

魏扶

扶登太和四年進士第大中初知禮闈入貢院題詩云梧桐葉落滿庭陰鎖閉朱門試院深曾是當年辛苦地不將今日負初心牓出無名子削爲五言詩以譏之

馬植

同華解最利元和中令狐楚鎮三峰時及秋賦牓云特加試五場莫有至者惟盧洪正請試已試兩場馬植方下解狀植將家子從事竊笑楚曰此未可知已而試登山採珠賦畧曰文豹且

異于驪龍探斯踈矣白石又殊于老蚌剖莫得之公大服其精遂奪解元後洪正自丞郎將判鹺俄為植所據復以手札戲植曰昔日華元已遭毒手今來鹺務又中老拳植罷安南都護及除黔南殊不得意維舟峽中古寺寺前有長堤夜月明甚見白衣緩步堤上吟曰截竹為筒作笛吹鳳凰池上鳳凰飛勞君更向黔南去即是陶鎔萬類時邀問則失之矣後自黔南召入為大理遷刑部判鹽鐵拜相

植字存之為李德裕所抑頗怨望宣宗立白敏中當國凡德裕所不善悉不次用之故植遂相

崔鉉

魏公鉉元畧之子也為兒時隨父訪韓宣公滉滉指架上鷹令詠焉吟曰天邊心膽架頭身欲擬飛騰未有因萬里碧霄終一去不知誰是解縧人滉曰此兒可謂前程萬里也寶歷三年登第久居廊廟三擁節麾宣宗嘗謂侍臣曰崔鉉真貴人裴休真措大初李石鎮江陵辟為戎倅

一旦告去既入京華俄升翰苑造朝凡三歲石未離荆渚崔既秉鈞衡石馳牋賀之曰早拜光塵叨承眷與深蒙異分屢接清言幸曾辱于厚恩俯見循于末契去載分麾南楚拜節西秦思賢方詠于嘉魚棲止實慙于威鳳賓筵初啟曾陪樽俎之歡將幕未移已在陶鎔之下光生鄰部喜溢轅門豈惟九土獲安斯亦一方多幸乃掌記李騭之詞也

鉉字台碩相武宗與李德裕不叶罷復相宣宗

除揚州大都督府長史封魏國公宣宗於太液亭上賦詩宴餞有七載秉鈞調四序之句識者莫不榮之

裴夷直

夷直字禮卿文宗時為右拾遺張克勤以五品官推與其甥夷直時為禮部員外郎劾曰是開後日賣爵之端詔聽遂著於令為中書舍人武宗立視冊牒不肯書出刺杭州斥驩州司戶參軍宣宗初復拜江華等州刺史終散騎常侍

夷直戲唐仁烈詩云自知年紀偏應少先把屠
穌不讓春倘更數年逢此日還應惆悵羨他人

楊敬之

敬之字茂孝文宗命為祭酒兼太常少卿是日
二子戎載登科時號楊家三喜敬之華山賦最
為韓愈李德裕所稱士林一時傳布

霜樹烏栖夜空街雀報明句　碧山相倚暮歸雁
一行斜句

喻鳧

免眈陵人開成進士也卒于烏程令

顔凋明鏡覺思苦白雲知 句 滄洲迷釣隱紫閣負僧期 句 酬難塵鬢皓坐久辟燈青 句 滄洲未歸迹華髮受恩心 句

楊衡

初隱廬山有盜其文登第者衡曰詣闕亦登第見其人感怒曰一一鶴聲飛上天在否答曰此句知兄最惜不敢偷衡笑曰猶可恕也

隨雲步入青牛谷青牛道士留我宿可憐夜久

月明中惟有壇邉一枝竹 宿青牛谷

都無看花意偶到樹邉来可憐枝上色一一為愁開 題花樹

哭李象云白雞黄犬不将去寂寞空餘葬時路草死花開更幾年後人知是何人墓憶君思君獨不眠夜寒月照青楓樹

王彦威

長安舊俗以不歷臺省出領廉車節鎮者率呼為麄官大率重内而輕外今東京皇城乾元門

舊宣武軍鼓角樓也節度使王彥威有詩刻石在其上曰天兵十萬勇如貔正是酬恩報國時汴水波瀾喧鼓角隋堤楊柳拂旌旗前驅紅旆關西將坐間青娥趙國姬寄與長安舊冠蓋麄官到底是男兒彥威自太常博士出辟使府至茲鎮故有是句後梁氏建國其石不知所在薛能亦有謝寄茶詩云麄官寄與真抛却賴有詩情合得嘗洪文館舊不置學士文宗特置一員以待彥威為戶部侍郎邊兵訴所賜不時繼皆

懲惡貶衛尉卿儀為忠武節度徙宣武卒

繁知一

樂天除蘇州刺史自峽沿流赴郡時秭歸縣繁知一聞居易將過巫山先于神女祠粉壁大書之曰忠州刺史今才子行到巫山必有詩為報高唐神女道速排雲雨待清詞居易覩之悵然邀知一至曰歷陽劉郎中禹錫三年理白帝欲作一詩而不能罷郡經過悉去千餘詩但留四詩而已沈佺期詩曰巫山高不極合沓狀奇新

闇谷疑風雨幽崖若鬼神月明三峽曙潮滿九
江春為問陽臺客應知入夢人王無競詩曰神
女向高唐巫山下夕陽徘徊作行雨婉孌夢荆
王電影江前落雷聲峽外長朝雲無處所臺館
曉蒼蒼皇甫冉詩曰巫峽見巴東迢迢出半空
雲藏神女館雨到楚王宮朝暮泉聲落寒暄樹
色同清猿不可聽偏在九秋中李端詩曰巫山
十二峯皆在碧虛中迴合雲藏日霏微雨帶風
猿聲寒度水樹色暮連空悲向高唐去千秋見

楚宮居易吟四篇與繁生同濟卒不賦詩

雍裕之

野酌亂無巡送君兼送春明年春色至莫作未歸人春晦送客

裕之貞元後詩人也

張祜

題金山寺云一宿金山頂微茫水國分僧歸夜船月龍出曉堂雲樹影中流見鐘聲兩岸聞曰悲在朝市終日醉醺醺

入潼關云都城三百里雄險此迴環地勢遥尊
嶽河流側讓關秦皇曾虎視漢祖昔龍顔何處
梟兇輩干戈自不閒
故國三千里深宮二十年一聲河滿子雙淚落
君前自倚能歌曲先皇掌上憐新聲何處唱腸
斷李延年二章祜所作宮詞也傳入宮禁武宗
疾篤目孟才人曰我即不諱爾何爲哉才人指
笙囊泣曰請以此就縊上惻然復曰妾嘗藝歌
請對上歌一曲以泄其憤上許乃歌一聲河滿

子氣亟立殞上令醫候之曰脉尚温而腸已絶
帝崩柩重不可舉或曰非俟才人乎爰命其櫬
櫬至乃舉祜為孟才人嘆序曰才人以誠死上
以誠命雖古之義激無以過也歌曰偶因歌態
詠嬌嚬傳唱宫中十二春却為一聲河滿子下
泉須弔舊才人

寧哥来云日暎宫城霧半開太真簾下畏人猜
黄翻綽指向西樹不信寧哥回馬来

感王將軍柘枝妓殁云寂寞春風舊柘枝舞人

休唱曲休吹鴛鴦鈿帶抛何處孔雀羅衫付阿
誰画鼓不聞招颭拍錦靴空想挫腰肢今来坐
上偏惆悵曾是堂前教徹時
祜長慶中深為令狐楚所知楚鎮天平自草薦
表令以詩三百篇隨狀表進祜至京屬元稹在
内庭上問之稹曰祜雕蟲小巧壯夫不為或奬
激之恐變陛下風教上頷之由是失意東歸有
孟浩然身更不疑之句

李商隱

楊大年云義山詩陳恕酷愛一絕云珠箔輕明覆玉墀披香新殿鬥腰肢不須看盡魚龍戲終遣君王怒偃師歎曰古人措詞寓意如此深妙令人感慨不已大年又曰鄧帥錢若水舉賈誼兩句云可憐半夜虛前席不問蒼生問鬼神錢云措意如此後人何以企及鹿門先生唐彥謙為詩纂慕玉溪得其清峭感愴蓋其一體也然警絕之句亦多有

義山少遊投宿逆旅主人會客名與坐不知其

為義山也酒酣席客賦木蘭花詩義山後就曰洞庭波冷曉侵雲日日征帆送遠人幾度木蘭舟上望不知元是此花身坐客覽之大驚詢之乃義山也洪邁萬首唐詩絶句以木蘭花詩屬之陸龜蒙

劉得仁

題郃公禅院云無事門多掩陰堦竹掃苔勁風吹雪聚渴鳥啄冰開樹向寒山得人從瀑布来終朝天目老擕錫逐雲回

悲老宮人云白髮宮娃不解悲滿頭猶自插花

枝曾緣玉貌君王愛准擬人看似舊時
得仁貴主之子自開成至大中三朝昆弟皆歷
貴仕而得仁苦於詩出入舉場三十年卒無成
嘗自述曰外家雖是帝當路且無親又云外族
帝王是中朝親故稀翻令浮議者不許九霄飛
既終詩人競為詩弔之
吟苦曉燈暗露深秋草疎舊山多夢到流水送
愁餘 句 風定一池星 句
宿宣義里池亭云暮色繞桐亭南山幽竹青夜

深斜舫月風定一池星島嶼無人跡菰蒲有鶴
翎此中休便得何必泛滄溟
長信宫云輦凉秋氣初長信恨何如拂黛月生
指解鬟雲滿梳一從悲畫扇幾度泣前魚坐聽
南宫樂清風摇翠裾

王智興

智興爲徐州節度一日從事于使院會飲賦詩
智興名護軍俱至從事屏去翰墨智興曰適聞
作詩何獨見智興而罷復以牋陳席上小吏亦

置牋于智興前于是引毫立成曰三十年前老健兒劉被郎官遣作詩江南花栁從君詠塞北煙塵獨我知四座驚嗟監軍謂張祜曰如此盛事豈得無言祜乃獻詩曰十年受命鎭方隅孝節忠規兩有餘誰信將壇嘉政外李陵章句右軍書左右曰書生謟辭耳智興叱曰有人道我惡汝輩又肯否張生海內名士篇什豈易得天下人聞且以為王智興樂善矣

馬戴

送客南遊云擬卜何山隱高秋指岳陽葦乾雲夢色橘熟洞庭香踈雨殘虹影回雲背雁行靈均如可問一為吊清湘

許棠久困名場咸通末戴佐大同軍幕棠往謁之一見如舊相識留連數月但詩酒而已未嘗問所欲一旦大會賓友命使者以棠家書授之棠驚愕莫知其來啟緘即知戴潛遣一介恤其家矣

戴與姚合善合有詩云天府鹿鳴客幽山秋未

歸吾知方甚善衆說以為非隔石聞泉細和風見鶴飛新詩此處得清峭比應稀又有送戴下第客遊詩云昨夜送君處亦是九衢中此日殷勤別前時宋寞同鳥啼寒食雨花落暮春風向晚離人別筵收樽未空戴酬姚合中字韵詩云岐路非人見尚得起心中日憶瀟湘渚春生蘭桂叢鳥啼花半落客散爵方空所贈誠難答泠然一榻風

鄭顥

顥宰相絪之孫登甲科以起居郎尚主有器識宣宗時恩寵無比夢中嘗得句云石門霧露白玉殿莓苔青續成長韻此一聯杜甫集中詩也大中十年顥放牓後謁假覲省於洛生徒餞長樂驛儀有紀于屋壁云三十騂騮一哄塵来時不鎖杏花春楊花滿地如飛雪應有偷遊曲水人舊史云顥絪之子尚宣宗女萬壽公主曰壽昌節上壽回夢一宮殿與十數人納涼聯句既悟省石門之句十字怪其不祥不數日宣宗弓

劍上仙方悟其事乃續為十韻云間歲流虹節歸軒出禁扃奔波流長景蕭洒夢殊庭境象非曾到崇嚴昔未經日斜烏斂翼風動鶴梳翎異苑人争集涼臺筆不停石門霧露白玉殿莓苔青若匪栽先兆何緣思入冥御爐虛仗馬華蓋負云亭白日成千古金縢閟九齡小臣哀絕筆湖上泣青萍御爐或作丹墀未幾顥亦卒

李羣玉

羣玉好吹笙善急就章喜食鵞及授挍書郎東

歸盧肇送詩云妙吹應諧鳳工書定得鸞杜丞相悰筵中贈美人云裙拖六幅瀟湘水鬢聳巫山一朶雲貌態祇應天上有歌聲豈合世間聞胸前瑞雪燈斜照眼底桃花酒半醺不是相如憐賦客肯教容易見文君羣玉解天祿之任而歸涔陽經二妃廟題云小孤洲北浦雲邊二女明粧共儼然野廟向江春寂寂古碑無字草芊芊風迴日暮吹芳芷月落山深哭杜鵑猶似含嚬望巡狩九疑凝黛隔湘川又曰黃陵廟前春

已空子規啼血滴松風不知精爽落何處疑是行雲秋色中羣玉疑春空遂至秋色欲易之恍若有物告以二年之兆時潯陽太守段成式志其事二年後果死於洪井段以詩哭之曰曾話黄陵事今為白日催老無男女累誰哭到泉臺

羣玉字文山澧州人裴休觀察湖南厚延致之及為相以詩論薦授挍書郎

温庭筠

庭筠才思艷丽工於小賦每入試押官韻作賦

凡八叉手而八韻成時號温八叉多為鄰鋪假手日救數人而士行玷缺縉紳薄之李義山謂曰近得一聯句云遠比趙公三十六年宰輔未得偶句温曰何不云近同部令二十四考中書宣宗嘗賦詩上句有金步揺未能對遣求進士對之庭筠乃以玉條脱續宣宗賞焉又藥名有白頭翁温以蒼耳子為對他皆類此宣皇愛唱菩薩蠻詞丞相令狐綯假其脩撰密進之戒令勿泄而遽言於人由是踈之温亦有言云中書

堂內坐將軍譏相國無學也宣皇好微行遇於逆旅温不識龍顏傲然而詰之曰公非長史司馬之流帝曰非也又曰得非六叅簿尉之類帝曰非也謫為方城尉其制詞曰孔門以德行為先文章為末爾既德行無取文章何以稱焉徒負不羈之才罕有適時之用竟流落而死杜悰自西川除淮海庭筠詣韋曲杜氏林亭留詩云卓氏壚前金線柳隋家堤畔錦帆風貪爲兩地行霖雨不見池蓮照水紅邠公聞之遺絹千匹

曾于江淮為親表辱之由是改名

王起

和周侍郎見寄云貢院離来二十霜誰知更忝主文塲楊葉縱能穿舊的桂枝猶自愛新香九重每憶同僊禁六義初吟得夜光莫道相知不相見蓮峯之下欲徵黄

起字舉之元和末為中書舍人穆宗時錢徽坐貢舉失實貶詔起覆核起建言以所試送宰相閲可否然後付有司議者謂起失職李訓為相

起門生也引與共政文宗尚文好古學時鄭覃以經術進起以該博顯武宗時自東都召為尚書判太常卿帝患選士不得才特命起典貢舉凡四舉士皆知名者人服其鑒慈恩寺題名云進士題名自神龍之後過關宴後率皆期集於慈恩塔下題名故貞元中劉太真侍郎試慈恩寺望杏園花發詩會昌三年贊皇公為上相其年十一月十九日敕諫議大夫陳商守本官權知貢舉後因奏對不稱旨十二月十七日宰臣

遂奏依前命左僕射兼太常卿王起主文二十
二日中書覆奏奉宣旨不欲令及第進士呼有
司為座主趨附其門兼題名局席等條疏進來
者伏以國家設文學之科求真正之士所宜行
崇風俗義本君親然後升于朝廷必為國器豈
可懷賞拔之私惠忘教化之根源自謂門生遂
成膠固所以時風寖壞臣節何施樹黨背公靡
不由此臣等商量今日已後進士及第任一度
參見有司向後不得聚集參謁有司宅置宴其

曲江大會朝官及題名局席並望勒停緣初獲
美名實皆少雋既遇春節難阻良遊三五人自
為宴樂並無所禁惟不得聚集同年進士廣為
宴會仍委御史臺察訪聞奏謹具如前奉敕宜
依于是向之題名各盡削去葢贊皇公不由科
第故設法以排之洎公失意悉復舊態

丁稜 原缺

姚鵠 原缺

蒯希逸

公心獨立副天心三轄春闈冠古今蘭署門生皆入室蓮峰太守别知音同時人皆有繼和

希逸字大隱希逸詩蟾蜍醉裏破蛺蝶夢中殘牛相在揚州嘗稱之

黄頗

頗為失第後久方第摭言曰黄頗以洪奥文章蹉跎者一十三載劉纂以平漫子弟而折丹桂由斯言之可謂命能通性豈曰性能通命者韓愈自潮州量移宜春郡頗學愈為文亦振大名

頗嘗觀盧肇爲碑版則唾之而去頗宜春人與
肇同鄉頗富而肇貧同日遵路赴舉郡牧餞頗
離亭肇駐蹇十里以俟明年肇以第一名還袁
曰競渡即席賦詩云向道是龍剛不信果然奪
得錦標歸頗字無頗

鄭畋

馬嵬太真縊所題詩者多悽感鄭畋爲鳳翔從
事日題云元宗回馬楊妃死雲雨雖亡日月新
終是聖朝天子事景陽宮井又何人觀者以爲

有宰輔之罷
懿宗朝韋保衡路巖忌宰相劉瞻誣以罪黜為
荆州節度畋為制詞云早以文學疊中殊科風
棱甚高恭謹無玷又云安數畝之居仍非己有
郤四方之賄惟恐人知韋路大怒貶畋為梧州
刺史責劉驩州司户命舍人李庚為詞深文痛
詆必欲加害屬懿宗厭代僖宗立蕭倣輔政舉
瞻自代召歸朝廷至湖南庚典是郡出迎江次
牌亭致酒瞻唱竹枝詞送庚酒命庚酧和庚曰

不閑音律瞻曰君應只解爲制詞也是夕庚飲鴆而卒

畋字台文相僖宗昭宗爲人仁恕姿采如峙玉

李彙征

彙征客遊閩越至循州冒雨求宿或指韋氏莊居韋氏杖屨迎賓年八十餘自稱曰野人韋思明每與李生談論或詩或史淹留累夕彙征善談而不能屈也論數十家之作次第至李涉詩主人酷稱善彙征遂吟曰遠別秦城萬里遊亂

山高下出商州關門不鎖寒溪水一夜潺湲送
客愁肇表千年一鶴歸丹砂爲頂雪爲衣泠泠
僊語人聽盡却向五雲飜翅飛思明復吟二篇
曰曰韓爲趙兩遊秦十月冰霜渡孟津縱使雞
鳴見關吏不知余也是何人又曰滕王閣上唱
伊州二十年前向此遊半是半非君莫問西山
長在水長流章叟愀然變色曰老身弱齡不肖
浪遊江湖交結奸徒爲不平事後遇李涉博士
蒙簡一詩曰而登跡李公待愚擬陸士衡之薦

戴若思中心藏焉遂隱羅浮經於一紀李既云
亡不復再遊秦楚追恍今昔或潛然乃持觴而
酹反袂而歌云春雨瀟〻江上村緑林豪客夜
知聞相逢不用相迴避世上如今半是君乾符
辛丑歲范攄客于雲川值彙征細述其事云於
韋叟之居觀李博士手翰云彙征後登進士第
按李涉嘗過九江至皖口遇盜問何人從者曰
李博士也其豪首曰若是李涉博士不用剽奪
久聞詩名願題一篇足矣涉贈一絶云〻

劉威

遊東湖處士園林詩云偶向東湖更向東數聲雞犬翠微中遙知楊栁是門處似隔芙蓉無路通樵客出来山帶雨漁舟過去水生風物情多與閒相稱所恨求安計不同

威會昌時詩人也

崔郊

郊寓居漢上有婢端麗善音律既貧鬻婢于連帥給錢四十一萬寵眄彌深郊思慕無已其婢

曰寒食来從事家值郊立於柳陰馬上漣泣誓若山河崔生贈之以詩曰公子王孫逐後塵緑珠垂淚滴羅巾侯門一入深如海從此蕭郎是路人或有嫉郊者寫詩于座公覩詩令召崔生左右莫之測也及見郊握手曰侯門一入深如海從此蕭郎是路人便是公作耶遂命婢同帰至於幃幌奩匣悉為增餙之

来鵬

清明日與友人遊玉粒塘莊詩云幾宿春山逐

陸郎清明時節好烟光歸穿細荇船頭滑醉踏
殘花屐齒香風急嶺雲翻迴野雨餘田水落方
塘不堪吟罷東回首滿耳蛙聲正夕陽
寒食山館書情云獨把一杯山館中毎經時節
恨飄蓬侵堦草色連朝雨滿地梨花昨夜風蜀
魄叫来春寂寞楚囚吟後月朦朧分明記得還
家夢徐孺宅前湖水東
鄂渚除夜書懷云鸚鵡洲頭夜泊船此時形影
共悽然難歸故國干戈後欲告何人雨雪天筋

撥冷灰書悶字枕陪寒席帶愁眠自嗟落魄無
成事明日春風又一年

杜牧

牧為御史分務洛陽時李司徒愿罷鎮閒居聲
妓豪侈洛中名士咸謁之李高會朝客以杜持
憲不敢邀致杜遣座客達意願與斯會李不得
已邀之杜獨坐南行瞪目注視引滿三卮問李
云聞有紫雲者孰是李指之杜凝睇良久曰名
不虛得宜以見惠李俯而笑諸妓亦回首破顔

杜又自飲二爵朗吟而起曰華堂今日綺筵開誰喚分司御史来忽發狂言驚滿座兩行紅粉一時回氣意閒逸旁若無人牧不拘細行故詩有十年一覺揚州夢贏得青樓薄倖名吳武陵以阿房宮賦薦于崔郾遂登第郾東都放榜西都過堂牧詩曰東都放榜未花開三十三人走馬回秦地少年多釀酒即將春色入關来

青山隱〻水遥〻秋盡江南草未凋二十四橋明月夜玉人何處學吹簫寄揚州韓綽判官

許渾

金陵懷古云玉樹歌残王氣終景陽兵合戍樓空松楸遠近千官塚禾黍高低六代宮石燕拂雲晴亦雨江豚吹浪夜還風英雄一去豪華盡唯有青山似洛中

登故洛陽城云禾黍離〻半野蒿昔人城此豈知勞水聲東去市朝變山勢北来宮殿高鴉噪暮雲歸古堞雁迷寒雨下空壕可憐緱嶺登僊子猶自吹笙醉碧桃

又初春雨中舟次和橫江裴使君見迎李趙二秀才同來回書四韻芳草渡頭微雨時萬株楊柳拂波垂蒲根水暖雁初下梅逕香寒蜂未知詞客倚風吹暗淡使君迴馬溼旌旗江南仲蔚多情調悵望春陰幾首詩

渾潤州人字用晦圉師之後大中三年任監察御史以疾乞東歸終郢睦二州刺史

水聲東去市朝變山勢北來宮殿高句何郎翠鳳雙飛去三十六宮聞玉簫句經年未塋家人

散昨日曰齋故吏来句垂釣有深意望山多遠
情句

雍陶

詠雙白鷺云雙鷺應憐水满池風飄不動頂絲
垂立當青草人先見行傍白蓮魚未知一足獨
拳寒雨裏數聲相呌早秋時林塘得爾須增價
况與詩家物色宜

陶蜀川上第後稍薄親黨其舅雲安劉敬之罷
舉歸三峽責陶不寄書曰山近衡陽雖少雁水

連巴字豈無魚陶得詩悖赧乃有猻首之思後爲簡州牧自比謝宣城柳吳興賓至則折之閽者亦怠投贄者稀得見有馮道明下第請謁云與員外故舊閽者以道明言啟之及引進陶詢曰與公昧平生何云相識道明云誦員外之詩仰員外之德詩集中日得相見何隔平生也遂吟曰立當青草人先見行傍白蓮魚未知又曰江聲秋入寺雨氣夜侵樓又曰閉門客到常疑病滿院花開不似貧陶聞吟欣狎待道明如曩

昔之殳君子以雍君矜誇而好媚馮子匪藝而求知

陶字國鈞大中八年自國子毛詩博士出刺簡州

天津橋春望云津橋春水浸紅霞煙柳風絲拂岸斜翠輦不來宮殿閉金鶯啣出上陽花

李遠

失鶴詩云秋風吹却九皐禽一片閒雲萬里心碧落有情應悵望青天無路可追尋來時白雪

翎猶短厺日丹砂頂漸深華表柱頭留語後更
無消息到如今

贈寫御容李長史云玉座塵消硯水清龍髯不
動綵毫輕初分龍準山河秀乍點重瞳日月明
宮女捲簾皆暗認侍臣開殿盡遙驚三朝供奉
無人敵始覺僧繇浪得名

遠字求古大中時為建州刺史

趙嘏

長安秋望云雲物淒涼拂曙流漢家宮闕動高

秋殘星幾點鴈橫塞長篴一聲人倚樓紫艷半開籬菊靜紅衣落盡渚蓮愁鱸魚正美不歸去空戴南冠學楚囚

嘏曾有詩曰早晚粗酬身事了水邊歸去一閒人果卒于渭南尉嘏嘗家于浙西有美姬惑之洎計偕會中元鶴林之遊浙帥窺其姬遂奄有之明年嘏及第因以一絕箴之曰寂寞堂前日又曛陽臺去作不歸雲當時聞說沙吒利今日青蛾屬使君浙帥不自安遣一介歸之嘏方出

闗逢于横水驛姬抱皷慟哭而卒瘞於横水之陽

皷字承祐

一千里色中秋月十萬軍聲半夜潮錢塘

韋承貽

承貽字貽之咸通八年登第省試夜潛紀長句於都堂西南隅云褒衣博帶滿塵埃獨向都堂納卷回蓬巷幾時聞吉語棘籬何日免重來三條燭盡鐘初動九轉丹成鼎

未開殘月漸低人擾擾不知誰是謫僊才又云
白蓮千朶照廊明一片昇平雅頌聲報道第三
條燭盡南宮風月寫難成

段成式

成式紀云武宗癸亥三年夏余與張君希復善
繼同官秘書鄭君符夢復連職仙署會暇日遊
大興善寺因問兩京雜記及遊目記多所遺略
乃約一旬尋兩街寺以街東興善爲首二記所
不具則別録之遊及慈恩初知官將併寺僧衆

草〻乃泛問一二上人及記塔下畫迹遊於此遂絶後三年余職于京洛及刺安成至大中七年歸京在外一甲周所留書籍揃壞居半於故簡中睹與二亡夌遊寺瀝血淚交當時造適樂事邈不可追復方刋整纔足續穿蠹然十亡五六矣

靖恭坊大興善寺東廊之南素和尚院庭有紫桐四株素之手植元和中卿相多遊此院桐至夏有汗汙人衣如輠脂不可浣昭國東門鄭相嘗

與丞郎數人避暑惡其汗謂素曰弟子爲和尚
伐此木各植一松也及暮素戲祝曰木我種汝
二十餘秊汝以汗爲人所惡來歲若復有汗我
必薪汝自是無汗寶歷末余見說已十五六年
無汗矣素公不出院轉灋華經三萬七千部宿
常有貉子聽經齋時烏鵲就掌取食長慶初庭
前牡丹一朶合歡有僧元幽題此院詩警句云
三萬蓮經三十春半生不蹋院門塵
長樂坊安國寺紅樓睿宗在藩時舞榭東禪院

亦曰木塔院院門西北廊五壁吳道子弟子釋
思道画釋梵八部不施彩色尚有典刑
常樂坊趙景公寺隋開皇三年置本曰宏善寺
十八年改焉南中三門裏東壁上吳道元白畫
地獄變筆力勁怒變狀陰怪睹之不覺毛戴吳
畫中得意處三階院西廊下范長壽画西方變
及十六觀寶池尤妙絕諦視之覺水入浮壁院
門上白画樹石頗似閻立德余攜立德行天祠
粉本驗之西中三門裏門南吳生画龍及刷天

王鬚筆蹟如銕有執爐天女竊眸欲語

辭吳畫聯句　慘淡十堵内吳生縱狂跡風雲將逼人鬼神如脫壁柯其中龍最怪張甲方汗栗黑夜窸窣時安知不霹靂繼此際忽僄子獵獵衣爲奕妙睥乍疑生參差奪人魄夢往往乘猛虎衝梁聳奇石蒼峭束高泉角睞警歆側柯冥獄不可視毛戴腋流液苟能水成剎那更沈火宅

通政坊寶應寺韓幹藍田人少時常爲酒家送

酒王右丞兄弟未遇每貰酒漫遊幹嘗徵債於王家戲畫地爲人馬右丞精思丹青奇其意趣乃歲與錢二萬令學畫十餘年今寺中釋梵天女悉齊公妓小〻等寫真也寺有韓幹畫下生弥勒衣紫袈裟右邊仰面菩薩及二獅子尤入神又有舊錢石及齊公所丧一歲子漆之如羅睺羅每盆供日出之寺中弥勒殿齊公寢堂也東廊北面楊岫之畫鬼神齊公嫌其筆蹟不工故止一堵

平康坊菩薩寺佛殿東西障日及諸柱上圖畫
是東廊跡舊鄭法士畫開元中因屋壞移入大
佛殿內槽北壁食堂前東壁上吳道元畫智度
論色偈變偈是吳自題筆蹟遒勁如磔鬼神毛
髮次堵畫禮佛仙人天衣飛揚滿壁風動佛殿
內槽後壁吳道元畫消災經事樹石古嶮元和
中上欲令移之處其摧壞乃下詔擇畫手寫進
佛殿內槽東壁維摩變舍利弗角而轉睞元和
末俗講僧文漵裝之筆蹟盡矣故興元鄭公尚

書題北壁僧院詩曰但慮綵色污無慮臂胛肥
寘寺碑陰琱飾奇巧相傳鄭法士所起樣也初
會覺上人以施利起宅十餘畝工畢釀酒百石
列瓶甕於兩廡下引吳道元觀之曰謂曰檀越
為我畫以是賞之吳生嗜酒且利其多忻然而
許余以蹤跡似不及景公寺畫中三門内東門
塑神善繼云是吳生弟子王耐兒之手也
翊善坊保壽寺本高力士宅天寶九載捨為寺
初鑄鐘成力士設齋慶之舉朝畢至一擊百千

有規其意連擊二十杵經藏閣規構危巧二塔
火珠受十餘斛河陽從事李涿性好奇古與僧
智增善嘗俱至此寺觀庫中舊物忽于破甕中
得物如被幅裂污坌觸而塵起涿徐視之乃畫
也乃以州縣圖三及縑三十獲之令家人裝治
之大十餘幅訪於常侍柳公權方知張萱所画
石橋圖也元宗賜力士曰留寺中後為鬻画人
宗牧言於左軍尋有小使領軍卒數十人至宅
宣敕取之即日進入先帝好古見之大悅命張

於雲韶院寺見有先天菩薩真本起成都妙積寺開元初有尼魏八師者常念大悲呪雙流縣百姓劉乙名意兒年十一自欲事魏尼〻遣之不去常奧室立禪嘗白魏云先天菩薩見身此地篩灰於庭一夕有跡巨數尺輪理成就曰謁畫工隨意設色悉不如意有僧楊法成自言能画意兒常合掌瞻仰然後指授之以近十稔工方就後塑先天菩薩凡二百四十首〻如塔勢分臂如意蔓其膀子有一百四十曰鳥樹一鳳四

翊水肚樹町題深怪不可詳悉画様凡十五卷
柳七師者崔寧之甥分三卷往上都流行時魏
奉古為長史進之後曰四月八日賜高力士今
成都者是其次本
崇仁坊資聖寺淨土院門外相傳吳生一夕秉
燭醉画就中戟手視之惡駭院門裏盧楞伽畫
盧常學吳勢吳亦授以手訣乃画總持三門寺方
半吳大賞之謂人曰楞伽不得心訣用思太苦其
能久乎画畢而卒中門牕間吳畫高僧韋述贊

李嚴書中三門外兩面上層不知何人畫人物頗類閻令寺西廊北隅楊坦畫近塔天女明睇将瞬團塔院北堂有銕觀音長三丈餘觀音院兩廊四十二賢聖韓幹画元中書載贊東廊北頭散馬不意見者如將嘶蹀聖僧中龍樹商那和循絕妙團塔上菩薩李真画四面花鳥邊鸞画藥師菩薩頂上戟葵尤佳塔中藏千部妙法蓮華經

成式字柯古文昌之子博學強記多奇篇秘籍

常於私第鑿池得片鐵命尺周量之笑而不言
賓之密室時窺之則有金書小字報十二時也
其博物類此終太常少卿
酉陽雜俎云一夕余坐客以遞送聯句爲煩乃
命工取細斑竹以白金鐫首如茶挾次遞聯名
之余在城時常与客聯句初無虛日小酌求押
或窮韻相角或押惡韻或煎茗一盌爲八韻詩
謂之雜聯若志於不朽則汰揀穩韻無所得輙
已謂之苦聯聯共押平聲好韻不僻者出於竹

簡謂之韻牒出城悉攜行坐客句挾韻牒之語必為好事者所傳矣曰說故相牛公揚州賞秀才蒯希逸詩云蟾蜍醉裏破蛺蝶夢中殘每坐吟之余曰請坐客各吟近日為詩者佳句有吟賈島舊國別多日故人無少年馬戴猨啼洞庭樹人在木蘭舟又骨消金鏃在有吟僧無可河来當塞斷一曰畫山一曰岸遠與沙平又閑門落葉深有吟張祜河流側讓關一曰山又泉聲到池盡有吟僧靈準詩晴看漢水廣秋覺峴山高有吟

米景元塞鴻先秋去邊草入夏生余吟上都僧
元礎寺隅殘潮去又采藥過泉聲又林塘秋半
宿風雨夜深來余識蜀中客龎季子每云寒雲
生易滿秋草長難高

韋蟾

蟾廉問鄂州罷賓僚祖餞蟾曾書文選句云悲
莫悲兮生別離登山臨水送將歸以牋毫授賓
從請續其句逡巡有妓泫然起曰某不才不敢
染翰欲口占兩句韋大驚異令隨念云武昌無

限新栽柳不見楊花撲面飛坐客無不嘉嘆韋
令唱作楊柳枝詞
蟾字隱桂下杜人大中七年進士登第初為徐
商掌書記終尚書左丞
贈商山僧云商嶺東西路欲分兩間茅屋一溪
雲師言耳重知師意人是人非不欲聞
李敬方
天台閒望云天台十二旬一片雨中春林果垂
秋盡山苗半夏新暘烏曉展翅陰魄夜飛輪坐

冀無雲物分明見北辰

勸酒云不向花前醉花應解笑人只憂連夜雨又過一年春

汴河直進船云汴水通淮利最多生人為害亦相和東南四十三州地取盡脂膏是此河

敬方字中虔登長慶進士第太和中為歙州刺史大中時頣陶集唐詩類選云李歙州敬方才力周備興比之間獨與前輩相近家集三百首簡擇律韻八篇而已雖前後覺絕或畏多言而

典刑具存非敢避棄

李郢

奉陪裴相公重陽日遊安樂池亭云絳霄輕靄翊三台稔阮情懷管樂才蓮沼昔爲王儉府菊籬今作孟嘉杯寧知北闕元勛在漢賜蕭何等北闕大第却引東山舊客来自笑吐茵還酩酊日斜空從錦衣回

贈羽林將軍云虬鬚顦顇羽林郎曾入甘泉侍武皇鵰没夜雲知御苑馬隨儀仗識天香五湖

歸太孤舟月六國平來兩鬢霜惟有桓伊江上篴卧吹三弄送殘陽

郢字楚望大中進士終於御史

杜牧之湖南正初招郢云行樂及時〻已晚對酒當歌〻不成千里暮雲重叠翠一溪寒〻水淺深清高人以飲為忙事浮世除詩盡強名看著白蘋牙欲吐雪舟相訪勝閒行

李洞

上崇賢曾郎中云閒坊宅枕穿宮水聽水分衮

盡蜀僧欒杵聲中擣殘夢茶鐺影裏煮孤燈刑
曹樹暎千年井華岳樓開萬里冰詩句變風官
漸緊夜濤春盡海邊藤

洞唐諸王孫也嘗遊西川慕賈浪僊為詩鑄銅
像其儀事之如神洞為終南山詩二十韻句有
殘陽高照蜀敗葉遠浮涇復曰劚竹煙嵐凍偷
湫雨雹腥遠平丹鳳闕冷射五侯廳贈司空侍
郎云馬飢餐落葉鶴病曬殘陽又曰卷箔清溪
月敲松紫閣書又送僧云越講迎騎象蕃齋懺

射鵰上高僕射曰征南破虜漢功臣提劍歸來萬里身閒倚凌烟金柱看形容消瘦老於真復曰藥杵聲中擣殘夢茶鐺影裏煮孤燈送人歸東南云島嶼分諸國星河共一天時人但誚其僻澀而不能貴其奇峭惟吳子華深知之子華才力浩大八面受敵以韵著稱遊刃頗攻騷雅嘗以百篇示澗澗曰大兄所示百篇中有一聯絶唱西昌新亭曰暖漾魚遺子晴遊鹿引麛子華不怨所鄙而喜所許

洞三榜裴公第二榜策夜簾前獻詩云公　道此時如不得昭陵慟哭一生休尋卒蜀中裴　公無子人謂屈洞所致裴公贄也

洞慕賈島鑄其像頂戴常念賈島佛

送僧遊南海云春往海南邊秋聞半路蟬鯨吞洗鉢水犀觸點燈船島嶼分諸國星河共一天長空却歸日松偃舊房前

長孫翺

長孫翺朱慶餘各有宮詞翺詞曰一道甘泉接

御溝上皇行處不曾秋誰言水是無情物也到
宮前咽不流朱日寂〻花時閉院門美人相對
泣瓊軒含情欲說宮中事鸚鵡前頭不敢言

崔魯

華清宮詩云銀河漾〻月輝〻樓礙星邊織女
機橫玉叫雲清似水滿空霜逐一聲飛
門橫金鎖悄無人落日秋聲渭水濱紅葉下山
寒寂〻溼雲如夢雨如塵
岍梅云含情含怨一枝〻斜壓漁家短〻籬惹

衰尚餘香半日向人如訴雨多時初開偏稱琱梁畫未落先愁玉笛吹行客見来無奈意解帆烔浦為題詩

高蟾

鄭谷贈詩云張生故國三千里知者惟應杜紫微君有君恩秋後葉可能更羡謝元暉蓋蟾有宮詞云君恩秋後葉日〻向人疎蟾初落第詩云天上碧桃和露種日邊紅杏倚雲栽芙蓉生在秋江上莫向春風怨未開胡曾

亦有下第詩云翰苑何時休嫁女文昌早晚罷生兒上林新桂年〻發不許平人折一枝時謂蟾無躁競心後登第乾符中為中丞

終

全唐詩話卷之五

宋　尤　袤　著
後學　何文煥　訂

于武陵

孤雲詩云南北各萬里有雲心更閒曰風雜海上伴月到人間洛浦少高樹長安無舊山徘徊不可住漠漠又東還

客中云楚人歌竹枝遊子淚沾衣異國久爲客寒宵頻夢歸一封書未返千樹葉皆飛南渡洞

庭水更應消息稀

李頻

過四皓廟云東西南北人高跡自相親天下已歸漢山中猶避秦龍樓曾作客鶴氅不爲臣獨有千年後青青廟木春

劉魯風

魯風江南投謁所知頗爲典客所沮因賦一絶曰萬卷書生劉魯風烟波萬里謁文翁無錢乞与韓知客名紙毛生不肯通

自貞元後唐文甚振以文學科第爲一時之榮及其弊也士子豪氣罵吻游諸侯門諸侯望而畏之如劉魯風姚嵒傑柳棠胡曾之徒其文皆不足取余故載之者以見當時諸侯爭取譽于文士此盖外重内輕之牙蘖如李益者一時文宗猶曰感恩知有地不上望京樓其後如李山甫輩以一名一第之失至挾方鎮刼宰輔則又有甚焉者矣一篇一韻初若虛文而治亂之萌係焉余以是知其不可忽也

褚載

雲詩云盡日看雲首不迴無心都大似無才可憐光彩一片玉萬里青天何處来

賀趙觀文重試及第云一枝仙桂两迴春始覺文章可致身已把色絲要上第又將綵筆冠群倫龍泉再淬方知利火浣重燒轉更新今日街頭看御㮑大能榮耀苦心人

陸威爲郎官載以文投獻數字犯其家諱威曰矍然載尋以牋致謝曰曽興之圖画雖精終慚

誤筆殷浩之矜持太過翻達空函

載字厚之登乾寧進士第

汪遵

遵幼為吏許棠應二十餘舉遵猶在胥徒善為絕句詩而深晦縝密一旦辭役就貢會棠送客至灞滻間遇遵于途訊曰何事至京遵曰就貢棠怒曰小吏無禮後遵成名五年棠始登第

秦築長城比鐵牢蕃戎不敢過臨洮雖然萬里連雲際爭及堯階三尺高遵長城詩也得名於

時

遵宣城人登咸通七年進士第許棠其鄉人也

平泉花木好高樹少縱橫滿目前惆悵人間不平事今朝身在海南邊遵題李太尉平泉莊詩也

盧渥

渥字子章軒冕之盛近代無比伯仲四人咸居顯列乾符初毋憂服闋渥自前中書舍人拜陝府觀察使弟治前長安令除給事中弟沆自前

集賢校理除左拾遺弟洺自畿尉遷監察御史詔書疊至士族榮之及赴任陝郊自居守分司朝臣已下爭設祖筵洛城爲之一空都人聳觀亘數十里渥題嘉祥驛詩曰交親榮餞洛城空秉鉞戎裝上將同星使自天丹詔下雕鞍照地數程中馬嘶靜谷聲偏響旆映晴山色更紅別後定知人易老滿衙棠樹有遺風

渥在舉場甚有時稱嘗于滻水逆旅遇宣宗微行意其貴人斂身避之帝呼與相見乃自稱進

士盧渥帝請詩卷袖之而去他日對宰臣語及渥令主司擢第宰臣問渥与主上有何階緣渥具陳其由時亦不以爲忝

滕倪

滕倪苦心爲新詩嘉聲早播遠之吉州謁宗人太守郎中邁〻每吟其句云白髮不能容相國也同閒客滿頭生又題鷺鷥障子云暎水有深意見人無懼心邁曰魏文惜陳思之學潘岳褒正叔之文貴集一家之盛如此

伲逼秋試捧笈告游留詩爲别悵然曰是必不祥伲至秋卒于商於館舍聞者莫不傷焉伲詩曰秋初江上别旌旗故國無家淚欲垂千里未知投足處前程便是聽猿時誤攻文字身空老却返樵漁計已遲羽翼凋零飛不得丹霄無路接差池

費冠卿

冠卿字子軍池州人久居京師感懷詩云煢獨不爲苦求名始辛酸上國無交親請謁多少難

九月風到面羞汗成冰片求名俟公道名與公道遠力盡得一名他喜我且輕家書十年絕歸去知誰榮馬嘶渭橋柳特地起愁聲登元和二年第母卒既葬而歸嘆曰干禄養親耳得禄而親喪何以禄爲遂隐池州九華山長慶中殿院李行脩舉其孝節拜右拾遺制曰前進士費冠卿嘗預計偕以文中第禄不及于榮養恨毎積于永懐遂乃屏身邱園絶迹仕進守其志性十有五年峻節無雙清飈自遠夫旌孝行舉逸人

所以厚風俗而敦名教也宜承高獎以儆薄夫擢參近侍之榮載佇移忠之效冠卿竟不應命杜荀鶴有詩弔其墓曰凡弔先生者多傷荆棘間不知三尺墓高却九華山天地有何外子孫無亦閒當時若徵起未必得身還冠卿以拾遺召不起賦詩云君親同是先王道何如骨肉一處老也知臣子合佐時自古榮華誰可保

李鄘

鄘李程之子也登元和進士第大中〻拜武寧

節度使不能治軍補闕鄭魯言新麥未登徐必亂既而軍亂果逐鄘按舊史鄘有詩名大中末累官至潁州刺史再爲觀察使子晝亦登進士第

鄘落第詩云榜前潛拭淚衆裏自嫌身氣味如中酒情懷似別人暖風張樂席晴日看花塵盡是添愁處深居乞過春

薛能

能字大拙汾州人會昌六年進士大中八年書

判入等補盩厔尉辟太原陜虢河陽從事李福
鎮滑州表觀察判官歷侍御史都官刑部員外
郎福徙西川取爲節度副使咸通中攝嘉州刺
史歸朝遷主客度支刑部郎中俄刺同州京兆
尹溫璋貶命權知尹事出領感化節度入授工
書寖節度徐州從忠武廣明元年徐兵赴溵水
經許能以前帥徐軍吏懷息館之州內許軍懼
徐人見襲大將周岌曰衆怒遂能自稱留後能
全家遇害

獻僕射相公云清如氷玉重如山百辟嚴趨禮絶攀強虜外聞應破膽平人相見盡開顔朝廷有道青春好門館無私白日閒致却垂衣更何事幾多詩句詠關〻

能題集後曰詩源何代失澄清處〻狂波汙後生常感道孤吟有淚却緣風壞語無情難甘惡少欺韓信枉被諸侯殺禰衡縱到緱山也無益四方聯絡盡蛙聲青春背我堂〻去白髪催人故〻生此能詩也然無子美大雅之度

秋夜旅舍寓懷云庭鎖荒蕪獨夜吟西風吹動故人心三秋木落半年客滿地月明何處砧漁唱亂沿汀鷺合雁聲寒咽隴雲深平生只有松堪對露浥霜欺不受侵

曹鄴

鄴字業之大中進士也唐末以祠部郎中知洋州老圃堂詩云邵平瓜地接吾廬穀雨乾時手自鋤昨日春風欺不在就牀吹落讀殘書

聶夷中

夷中有公子行云種花滿西園花發青樓道花
下一禾生去之爲惡草又詠田家詩云父畊原
上田子劚山下荒六月禾未秀官家已脩倉又
云二月賣新絲五月糶新穀醫得眼前瘡剜却
心頭肉我願君王心化作光明燭不照綺羅筵
只照逃亡屋所謂言近意遠合三百篇之旨也
咸通十二年高湜知舉牓内孤寒者夷中公乘
億許棠夷中尤貧苦精古詩
夷中字坦之咸通中爲華陰尉

張林

林擢進士第官至御史爲詩小巧多采景于園林亭洺云菱葉乍翻人採後芰荷初没舸行時亦佳句也林言毀佛寺時御史有藕監察者擒天下廢寺見銀佛一尺以下者多袖而歸時號藕揑佛温庭筠遽曰好對蜜陀僧

崔塗

春夕旅懷云水流花謝兩無情送盡東風過楚城蝴蝶夢中家萬里杜鵑枝上月三更故園書

動經年絶華髮春惟滿鏡生自是不歸歸便得
五湖烟景有誰爭
蜀城春云天涯憔悴身一望一霑巾在處有芳
草滿城無故人懷才皆得路失計自傷春清鏡
不堪照鬢毛愁更新
塗字禮山光啓進士也

章碣

焚書坑詩云竹帛烟消帝業虛關河空鎖祖龍
居阬灰未冷山東亂劉項原來不讀書

碣孝標之子登乾符進士第

方干

越州使院竹云莫見凌雲飄粉籜須知礙石作盤根細看枝上蟬吟處猶是笋時蟲蝕痕月送綠陰斜上砌露瀼寒色溼遮門列仙終日逍遥地鳥雀潛来不敢喧

世人如不容我自縱天慵落葉憑風掃香粳倩水舂花朝連郭霧雪夜隔湖鐘身在能無事頭宜白此峰千爲詩如鶴盤遠勢投孤嶼蟬曳殘

聲過別枝齊梁以來未有之句也又貽天目中峰客有枯井夜聞鄰果落廢巢寒見別禽來之句

衞準

莫言閒話是閒話往往事從閒話來又何必剃頭爲弟子無家便是出家人

準大歷五年登進士第

司空圖

愚幼嘗自負既久而愈覺缺然然得于春早則

有草嫩侵沙長冰輕着雨消又人家寒食月花影午時天又雨微吟思足花落夢無聊得于山中則有坡暖冬生笋松凉夏健人又川明虹照雨樹密鳥銜人得于江南則有戍鼓和潮暗船燈照島幽又曲塘春晝雨方響夜深船又夜短猿悲減風和鵲喜靈得于塞下則有馬色經寒慘鵰聲帶晚飢得于喪亂則有騂騮思故第鸚鵡失佳人鯨鯢人海涸魑魅棘林幽得于道宮則有碁殺花院閑幡影石壇高得于夏景則有

池涼清鶴夢林靜肅僧儀得于佛寺則有松日
明金像山風響木魚又解吟僧亦俗愛舞鶴終
卑得于郊園則有遠坡春旱滌猶有水禽飛得
于樂府則有晚粧留拜月春聽更生香得于宋
窠則有孤螢出荒池落葉穿破屋得于愜適則
有客來當意愜花發遇歌成雖庶幾不濵于淺
涸亦未廢作者之譏訶也七言云逃難人多分
隙地放生鹿大出寒林又得劍乍如添健僕亡
書久似憶良朋又孤嶼池痕春漲滿小欄花韻

午晴初又故國春歸未有涯小欄高檻別人家五更惆悵迴孤枕猶自殘燈照落花又甲子令重數生涯只自憐殷勤元日日〻歌午又明年皆不拘一槩也蓋絶句之作本于詣極此外千變萬狀不知所以神而自神也豈容易哉今足下之詩時輩同有難及儻復以全美爲上即知味外旨矣案表聖論詩之末今足下之詩云〻則此條當是與友人論詩之書札但不知足下謂誰竊意原書首行必具姓名詩話誤刪之耳

與王駕評詩云末技之工雖蒙譽于賢哲未足

自信必俟推于其類而後神躍而色揚今之贄藝者反是若即醫而靳其病也惟恐彼之善察藥之我攻耳是以卒人以謾莫能自振痛哉且伎之尤者莫若工于文章其能不死于詩者比他伎尤寡豈可容易較量哉今王生五言所得長于思與境偕乃詩家之所尚者則前所謂必推于其類豈止神躍色揚哉

王禹偁五代史闕文云圖字表聖自言蒲州人有俊才咸通中登進士第雅好為文躁于進取

頗自矜伐端士鄙之從事使府洎登朝驟歷清顯巢賊之亂車駕播遷圖有先人舊業在中條山極林泉之美圖自禮部員外郎避地爲日以詩酒自娛屬天下板蕩士人多往依之互相推奬由是聲名籍甚昭宗反正以戶部侍郎名至京師圖既負才慢世謂己當爲宰輔時人惡之稍抑其銳圖憤憤謝病復歸中條與人書疏不名官位但稱知非子又稱耐辱居士其所居在禎貽谿之上結茅屋命曰休休亭嘗自爲亭記

云云已上梁史舊文謹按圖河中虞鄉人少有文采未
爲鄉里所稱會王凝自尚書郎出爲絳州刺史
圖以文謁之大爲凝知入知制誥遷中書舍人
知貢舉擢圖上第頃之凝出爲宣州觀察使辟
圖爲從事旣渡江御史府奏圖監察下詔追之
圖感凝知己之恩不忍輕離幕府滿百日不赴
闕爲臺司所劾遂以本官分司久之召拜禮部
員外郎俄知制誥故集中有文曰戀恩稽命黜
繫洛師于今十年方忝綸閣此豈躁于進取者

邪舊史不詳一至于是圖見唐政多僻知天下必亂即棄官歸中條山尋以中書舍人召拜禮部戶部侍郎皆不起及昭宗播遷華下圖以密邇乘輿即時奔問復歸還山故其詩曰多病形容五十三誰憐借笏趁朝參此豈有意于相位邪河中節度使王重榮請圖撰碑得絹數千匹圖置于虞鄉市中恣鄉人所取一日而盡是時盜賊充斥獨不入王官谷河中士人依圖避難獲免者甚衆昭宗東遷又以兵部侍郎召至洛

下爲柳璨所沮一謝而退梁祖受禪以禮部尚書名辟以老病卒時年八十餘又按梁室大臣乃至有如敬翔李振杜曉楊涉等皆唐朝舊族本以忠義立身重侯累將三百餘年一旦委質朱梁其甚者贊成弑逆惟圖以清直避世終身不仕梁祖故梁史拾圖小瑕以泯大節者良有以夫題休休亭之楹曰咄喏休休休休莫莫莫伎倆雖多性靈惡賴是長教閒處著休休休莫莫莫一局碁一鑪藥天意時情可料度白日偏催

快活人黃金難買堪騎鶴若曰尒何能荅云耐辱莫柳璨爲相臣僚多被放逐圖爲監察御史尤加畏慎昭宗郊禮畢上章懇乞致仕曰察臣本意非爲官榮可驗衰羸庶全名節上特賜歸山其詔畧曰既養高以傲世類移山以釣名心惟樂于澂流仕非顓于食禄匪夷匪惠特忘反正之朝載省載思當徇遯棲之志宜放歸中條山詔詞乃璨之文也時多以四皓二疏譽之惟僧虛中云道裝汀鶴識春醉野人扶言其操履

檢身非傲世者也又云有時看御札特地掛朝
衣言其尊戴存誠非要君也
華下云日炙旱雲裂迸爲千道血天地沸一鑊
竟自烹妖孽堯湯遇災數災數還中輟何事奸
與邪古來難撲滅
僧舍貽友人云笑破人間事吾徒莫自欺解吟
僧亦俗愛舞鶴終卑竹上題幽夢溪邊約敵棋
舊山歸有阻不是故遲遲
下方云晨旦松軒下怡然對一甌雨微吟思足

花落夢無聊細事當棊遣衰容喜鏡饒溪僧有
深趣書至又相邀

秦韜玉

貧女云蓬門未識綺羅香擬託良媒益自傷誰
愛風流高格調共憐時世儉梳粧敢將十指誇
纖巧不把雙眉鬥短長每恨年年壓金線為他
人作嫁衣裳

韜玉字仲明京兆人父為左軍將韜玉出入田
令孜之門又與劉曄李嵓士姜垍蔡鋋之徒交

遊中貴各將兩軍書尺僥求巍科時謂對軍鮮
頭僖宗幸蜀韜玉以工部侍郎爲令孜神策判
官小歸公主文韜玉准勅及第仍編入榜中韜
玉以書謝新人呼同年曰三條燭下雖阻文闈
數仞墻邊幸同恩地

高駢

駢鎮蜀日以南詔侵暴築羅城四十里朝廷雖
加恩賞亦疑其固護或一日聞奏樂聲響知有
改移乃題風箏寄意曰夜靜絃聲響碧空宮商

信任往来風依稀侶曲才堪聽又被移将別調
中旬日報到移鎮渚宮
又二妃廟云帝舜南巡去不還二妃幽怨水雲
間當時珠淚知多少直到如今竹尚斑
步虛詞云清溪道士人不識上天下天鶴一隻
洞門深鎖碧窗寒滴露研硃點周易
聞河中王鐸加都統云鍊汞燒鉛四十年至今
猶在藥鑪前不知子晉緣何事只學吹簫便得
仙其驕傲不平如此

翁承贊

承贊乾寧進士也唐語云槐花黄舉子忙承贊有詩云雨中粧點望中黄勾引蟬聲送夕陽憶得當年隨計吏馬蹄終日爲君忙

皮日休

日休賦龜詩嘲歸氏子曰硬骨殘形知幾秋屍骸終是不風流頑皮死後鑽須徧都爲平生不出頭歸氏子以姓嘲日休云八片尖斜砌作毬火中燖了水中揉一團閒氣如常在惹踢招拳

卒未休

盧延讓

延讓吟詩多著尋常容易語如送周太保赴浙西云臂鷹健卒懸氈帽騎馬佳人捲畫衫又寄友人云每過私第邀看鶴長著公裳送上驢然于數篇見意尤妙育松寺云山寺取凉當夏夜共僧蹲坐石堦前兩三條電欲爲雨七八個星猶在天衣汗稍停床上扇茶香時發澗中泉通宵聽論蓮華義不籍松窗一覺眠又苦吟云莫

話詩中事詩中難更無吟安一個字撚斷數莖鬚險覓天應悶狂搜海亦枯不同文賦易爲著者之乎

裴說

唐舉子先投所業于公卿之門謂之行卷說只行五言十九首至来年秋試復行舊卷人有譏之者說曰只此十九首苦吟尚未有人見知何假别行卷哉識者以爲知言天復六年登甲第其詩以苦吟難得爲工且拘格律甞有詩曰苦

吟僧入定得句將成功又贈僧貫休云摠無方
是法難得始爲詩又云是事精皆易唯詩會郄
難遭亂故官不達
洛中作云莫恠苦吟遲詩成鬢點絲鬢絲猶可
染詩病郄難醫山暝雲橫處星沉月側時冥搜
不易得一句至公知
碁云十九條平路言平又嶮巇人心無筭處國
手有輸時勢迴流星遠聲乾下雹遲臨軒纔一
局寒日又西垂

張爲

爲唐末江南詩人與周朴齊名如到處即閑戶逢君方展眉最有詩稱

杜光庭載毛仙翁事名干字鴻漸元和間劉禹錫李紳白樂天輩皆贈詩至大中戊寅五十餘年矣是歲張爲薄游長沙不汲汲隨計獲女奴于岳麓下惑之歲餘成羸疾仙翁一見曰子妖氣邪光浹遍肌骨苟不相值殞于旦夕也以丹一粒授爲于香爐爇之郁烈之氣聞百步魅妾

一號而斃乃亦偶人也又呑以丹砂如黍者三疾遂瘳爲作詩別之曰羸形感神奭削骨生豐肌蘭炷飄靈烟妖怪立誅夷重睹日月光何報父母慈黄河濁滾滾別淚流澌澌黄河清有時別淚無收期爲後入釣臺山訪道而去

韓偓

苑中云上苑離宮處處迷相風高與露盤齊金堦鑄出狻猊立玉柱琱成翡翠栖外使調鷹初得按五方外案使以鷹隼初調始能擒獲謂之得案中官過馬不敎嘶

上乘馬必中官鞚以進謂之過馬既乘之而後蹀躞嘶鳴笙歌錦繡雲霄裏
獨許詞臣醉似泥
醉著云萬里清江萬里天一村桑柘一村烟漁
翁醉著無人喚過午醒来雪滿船
即事云書墻暗記移花日洗瓮先知醞酒期須
信閒人有忙事早来衝雨覓漁師
香奩集和魯公之詞也惟其艷麗故貴後嫁其
名于偓凝平生著述分為演綸游藝孝弟疑獄
香奩籯金六集自為游藝集序云予有香奩籯

金集不行于世凝在政府避議論諱其名又欲後人知故游藝集序實之此凝之意也沈存中云

曾松

李肇國史補云曲江大會比為下第舉人邇來漸侈靡皆為上列所占向之下第舉人不復預矣所以逼大會則先牒教坊請奏上御紫雲樓垂簾觀焉時或擬作樂則為之移日故曾松詩云追遊若遇三清樂行從應妨一日春敕下後

人置皮袋例以圖障酒罷錢緡實其中逢花即
飲故張籍詩云無人不借花園宿到處皆攜酒
罷行其皮袋狀元録事同點檢闕一則罰金曲
江之宴行市羅列闤闠為之半空公卿家率以
是日揀選東牀車馬闐塞莫可殫述

松及第敕下宴中獻座主杜侍郎詩云得名甚
墻淚却傾若無公道也無由門前送敕朱衣吏
席上銜杯碧落人半夜笙歌教洗月平明桃杏
放燒春南山雖有歸溪路爭那酬恩未殺身

春日長安書事云浩〻看花晨六街揚遠塵城
中一丈日誰是晏眠人御柳舞著水野鶯啼破
春徒云還楚客猶是惜離秦
晨起云曉色教不睡垂簾清氣中林殘數枝月
鬓冷一梳風並鳥聞鐘語欹荷隔霧空莫徒營
白日道路本無窮
松有詩云憑君莫話封侯事一將功成萬骨枯
可謂諳世故矣

杜荀鶴

荀鶴有詩名號九華山人大順初擢第授翰林學士主客貟外郎知制誥序其文爲唐風集或曰荀鶴牧之微子也牧之會昌末自齊安移守秋浦時年四十四所謂使君四十四兩佩左銅魚者也時妾有妊出嫁長林鄉正杜筠而生荀鶴擢第年四十六矣

溪興云山雨溪風卷釣絲瓦甌篷底獨斟時醉来睡著無人喚流下前溪也不知

春宮怨云早被嬋娟誤欲粧臨鏡慵承恩不在

貌教妾若爲容風暖鳥聲碎日高花影重年々越溪女相憶采芙蓉

鄭綮

古今詩話曰相國綮善詩有題老僧詩云日照西山雪老僧門未開凍瓶黏柱礎宿火陷鑪灰童子病歸去鹿麑寒入來常云此詩屬對可以衡秤言輕重不偏也或曰相國近爲新詩否對曰詩思在灞橋風雪中驢子背上此何以得之盖言平生苦心也

綮刺廬江將去別郡人云惟有兩行公廨淚一時灑向渡頭風其滑稽類此

錢珝

珝字瑞文吏部尚書徽之子善文辭宰相王溥薦知制誥進中書舍人溥得罪珝貶撫州司馬

永巷頻聞小苑遊舊恩如淚亦難收君前願報新顏色團扇須防白露秋

嚴惲

皮日休傷嚴子重序云余爲童在鄉校時簡上

抄杜舍人牧之集見有與進士嚴惲詩後至吳
一日有客曰嚴某余志其名久矣遽懷文見造
於是樂甚觀其所為文工於七字往〻有清便
柔媚時可軼駿於常軌其佳者曰春光冉〻歸
何處更向花前把一杯盡日問花〻不語為誰
零落為誰開余羨之諷誦未嘗怠生舉進士亦
十餘計偕余方究之謂終有得於時也未幾歸
吳興後兩朞咸通十年也霅人至云生以疾亡
於所居矣噫生徒以詞聞於士大夫竟不名而

逝豈止此而堙沒耶江湖間多美材士君子苟樂退而有文者死無不為時惜可勝言耶於是哭而為之詩魯望生之友也當為我同作詩皮詩云十哭都門牓上塵蓋棺終是五湖人生前有敵唯丹桂沒後無家祗白蘋若下斬新醒處月江南依舊詠来春知君精爽應無盡必在酆都頌帝晨項梁成酆都宮頌曰紂絶標帝晨

王渙

大順中王渙自左史拜考功員外同年李德鄰

自右史拜小戎趙光允自補衮拜小儀王極自
小戎拜小勲渙首唱長句感恩上裴公曰青衿
七十牓三年建禮含香次第遷珠影下連星錯
落桂花曾對月嬋娟玉經磨琢多成器劍拔沈
埋更倚天應念銜恩最深者春来爲壽拜樽前
裴公答曰謬持文柄得時賢粉署清華次第遷
昔歲策名皆健筆今朝稱職並同年各懷器業
寧推讓俱上青霄肯後先何事老夫猶賦詠欲
将酬和永流傳

渙字羣吉大順二年侍郎裴贄下登第德鄰極先允皆同年也

七夕瓊筵往事陳蓼花蓮蒂共傷神蜀王殿裏三更月不見驪山私語人

夢裏分明入漢宮覺来燈背錦屏空紫臺月落關山曉腸斷君恩信畫工

張曙

張曙崔昭緯中和初同舉相與詣日者問命曙時自負才名籍甚以爲將来狀元崔亦分居其

下日者殊不顧曙第目崔曰将来萬全髙第曙有愠色日者曰郎君亦及第然須待崔拜相當此時過堂既而曙果不終塲昭緯首冠曙以篇什别之云千里江山陪驥尾五更風水失龍鱗昨夜浣花溪上雨緑楊芳草爲何人後七年昭緯爲相曙方登第果于昭緯下過堂杜荀鶴同年生也酬曙詩云天上書名天下傳引来齊到玉皇前大仙録後頭無雪至藥成来竈絶烟笑躡紫雲金作闕夢抛塵世鐵爲船九華山叟驚

凡骨同到蓬萊豈偶然

翁綬

詠酒云逃暑迎春復送秋無非綠蟻滿杯浮百年莫惜千回醉一琖能消萬古愁幾爲芳菲眠細草曾因雨雪上高樓平生名利關身者不識狂歌到白頭

綬登咸通進士第

袁皓

皓宜春人咸通進士龍紀集賢殿圖書使自稱

碧池處士初登第過岳陽悦妓蘂珠以詩寄嚴
使君曰得意東歸過岳陽桂枝香惹蘂珠香也
知暮雨生巫峽争奈朝雲屬楚王萬恨只憑期
尅手寸心惟繫别離腸南亭宴罷笙歌散回首
烱波路渺浘嚴君以妓贈之

李濤

李濤長沙人也篇詠甚著如水聲長在耳山色
不離門又掃地樹留影拂床琴有聲又落日長
安道秋槐滿地花膾炙人口温飛卿任太學博

士主秋試濤與衛丹張郤等詩賦皆牓于都堂

王祝

會昌時有題三鄉者曰余本若耶溪東與同志者二三紉蘭佩蕙每貪幽閒之境玩花光于松月之亭竟晝綿宵往往忘倦洎乎初笄至于五換星霜矣自後不得已從良人西入函關寓居晉昌里第其居迴絶囂塵花木叢翠東西鄰二佛宫皆上國勝遊之最伺其閒寂因遊覽焉亦不幸一時之風月也不意良人已矣邈然無依

帝里芳春弔影東邁涉滻水歷渭川背終南陟
太華經虢畧抵陝郊挹嘉祥之清流面女几之
蒼翠凡經過之所皆曩昔讌笑之地銜冤興歎
舉目魂消雖殘骸尚存而精爽都失假使潘岳
復生無以悼其幽思也遂命筆聊題終不能滌
其懷抱絕筆慟哭而東時會昌壬戌歲仲春十
九日詩曰昔逐良人西入關良人身歿妾空還
謝娘衛女不相待為雨為雲歸舊山和者十人
祝和三鄉詩云女几山前嵐氣低佳人留恨此

中題不知雲雨歸何處空使王孫見欲迷
祝字不耀名家子唐末為給事中

韋莊

長安清明云早是傷春夢雨天可堪芳草更芊芊內官初賜清明火上相閒分白打錢紫陌亂嘶紅叱撥綠楊高映畫鞦韆遊人記得承平事暗喜風光似昔年

感懷詩云長年方悟少年非人道新詩勝舊詩十畝野塘留客釣一軒春雨對僧碁花間醉任

黃鸞語亭上吟從白鷺窺大道不將爐冶去有心重築太平基或謂此詩包括生成果爲台輔

莊字端己杜陵人見素之後曾祖少微宣宗中書舍人莊踈曠不拘小節李詢爲西川宣諭和協使辟爲判官以中原多故潛欲依王建建辟爲掌書記尋名爲起居舍人表留之後相建爲僞平章事

吳融

漁陽烽火照函關玉輦怱怱下此山一曲霓裳

聽不盡至今猶恨水潺潺

融字子華越州人昭宗時為翰林學士

公乘億

億字壽仙魏人與李山甫皆為魏博樂彥禎幕府億以詞賦著名咸通十三年別家十餘年矣嘗大病鄉人傳以死其妻自河北迎喪會億送客馬上見媍人麗縗類其妻也睇睨不已妻亦如之詰之則是也相持而哭路人異之後旬日登第億嘗有詩云十上十年皆落第一家一半

已成塵可知其屈矣

羅鄴

牡丹云落盡春紅始見花〻時比屋事豪奢買
栽池館恐無地看到子孫能幾家門倚長衢攢
繡轂幄籠輕日護香霞歌鐘到此爭懽賞豈信
流年鬢有華

賞春云芳草和烟暖更青閒門要路一時生年
年點檢人間事惟有春風不世情

鄴餘杭人父則爲鹽鐵小吏有二子俱以文學

干進鄴尤長七言詩

羅隱

隱字昭諫餘杭人隱池之梅根浦自號江東生爲唐相鄭畋李蔚所知畋女覽隱詩諷誦不已畋疑有慕才意隱貌寢陋女一日簾窺之自此絕不詠其詩廣明中池守竇潏營墅居之光啓中錢鏐辟爲從事節度判官副使梁祖以諫議名不行開平中魏愽羅紹威推爲叔父表授給事中年八十餘終餘杭有子塞翁

鍾陵妓雲英隱舊見之一日識隱猶未第隱嘲
之曰鍾陵醉別十餘春重見雲英掌上身我未
成名君未嫁可能俱是不如人
牡丹云似共東君別有因絳羅高捲不勝春若
教解語應傾國任是無情也動人芍藥與君為
近侍芙蓉何處避芳塵可憐韓令功成後辜負
穠華過此身
蜂云不論平地與山尖無限風光盡被沾采得
百花成蜜後不知辛苦為誰甜

許棠

棠洞庭詩有四顧裊無地中流忽有山之句人以題扇過洞庭云驚波常不定半日鬓堪斑四顧裊無地中流忽有山鳥飛應畏墮帆遠却如閑漁父時相引行歌浩渺間

張蠙

送友人赴涇州幕云杏園沈飲散榮别就佳招日月相期盡山川獨去遥府樓明蜀雪關磧轉胡鵰縱有烟塵動應隨上策消

蠙字象文唐末登第尉櫟陽避亂入蜀蜀王時爲金堂令王衍與徐后遊大慈寺見壁間題云牆頭細雨垂纖草水面迴風聚落花問寺僧僧以蠙對乃賜霞光牋令寫詩以進蠙進二百首衍善之名爲知制誥宋光嗣以蠙輕忽傲物遂止卒於官蠙生穎秀幼有單于臺詩曰白日地中出黃河天外來爲世所稱

鄭谷

谷字若愚袁州人故永州刺史、之子幼年司空

圖與刺史同院見而奇之曰曾吟得丈丈詩否曰吟得莫有病否曰丈丈曲江晩望斷篇云村南斜日閒回首一對鷺鷥落渡頭即深意矣司空歎息撫背曰當爲一代風騷主乾寧中爲都官郎中卒于家谷自敘云故許昌薛尚書能爲都官郎中後數年建州李貟外自憲府内弾拜都官貟外皆一時騷雅宗師都官之曹振盛於此余早受知今忝此官復是正秩何以相繼前賢耶

濃淡方春滿蜀鄉半隨風雨斷鶯腸浣花溪上
堪惆悵子美無情為發揚谷蜀中海棠詩也
相看臨遠水獨自上孤舟句潮平無別浦木落
見他山句情多最恨花無語愁破方知酒有權
句關東多事日天末未歸心句捲卷斜陽裏看
山落木中句两浙尋山徧孤舟帶鶴歸句長安
一夜残春雨右省三年老拾遺句班趨黃道急
殿揖紫宸深句
題杭州樟亭云故國江天外登臨落照間潮平

無別浦木落見他山沙鳥晴飛遠漁人夜唱閒
歲窮帰未得心逐片帆還
感興云禾黍不陽艷競栽桃李春翻令力畊者
半作賣花人
十日菊云節去蜂愁蝶不知曉庭還繞折残枝
自緣今日人心薄未必秋香一夜衰
偶題云一卷疏蕪一百篇名成未敢便忘筌何
如海日生残夜一句能令萬古傳

温憲

温憲貟外庭筠子也僖昭之間就試于有司值鄭相延昌掌邦貢以其父文多刺時復傲毀朝士抑而不錄既不第遂題一絶于崇慶寺壁後滎陽公登大用因國忌行香見之憫然動容暮歸宅已除趙崇知舉即召之謂曰某頃主文衡以温憲庭筠之子深怒絶之今日見一絶令人惻然幸勿遺也於是成名詩曰十口溝隍待一身半年千里絶音塵鬢毛如雪心如死猶作長安下第人

李昌符

秋晚歸故居云馬省曾行處連嘶渡晚河忽驚鄉樹出漸識路人多細徑穿禾黍頹垣壓薜蘿乍歸猶似客鄰叟亦相過

傷春云酒醒鄉關遠迢迢聽漏終曙分林影外春盡雨聲中鳥思江邨路花殘野岸風十年成底事羸馬倦西東

昌符字嵒夢登咸通四年進士第歷尚書郎

北夢瑣言云咸通中前進士李昌符有詩名久

不登第常歲卷軸怠于裴脩曰出一奇乃作婢
僕詩五十首於公卿間行之其間有詩云春娘
愛上酒家樓不怕歸遲總不憂報道那家娘子
卧且留教住待梳頭又云不論秋菊與春花個
個能噇空肚茶無事莫教頻入庫沒名閒物要
些〻諸篇皆中婢僕之諱浹旬京城盛傳是年
登第與夫挑杖虛靴事雖不同用奇即無異也

李山甫

咸通中數舉進士被黜依魏府樂彥禎幕府曰

樂禍且怨中朝大臣蕭彥楨子從訓伏兵殺王鐸劫其家嘗有詩云勸君莫用誇頭角夢裏輸贏總未真讖執政也巢寇之亂翰林待詔王遨者北遊在鄴山甫遇于道觀謂曰幽蘭緑水可得聞乎遨應命奏之曲終潛然曰憶在咸通王亭秋夜供奉至尊不意流離至此也山甫賦詩曰幽蘭緑水耿清音歎息先生枉用心世上幾時曾好古人前何必獨霑襟句未成山甫亦自黯然悲其不遇也一本云情知此事少知音自

是先生枉用心世上幾時曾好古人前何必更
霅襟致身不似笙簧巧悅耳寧如鄭衛淫三尺
枯桐七條線子期師曠兩沈〻
貧女云平生不識綺羅裳閒把荊簪盍自傷鏡
裏秖應諳素貌人間多是重紅粧當年未嫁還
憂老終日求媒即道狂兩意定知無說處暗垂
珠淚滴蠶筐
國初高英秀者與贊[redacted]為師友辯捷滑稽嘗譏
古人詩病云山甫覽漢史王粲弄来曾半破曹

公将去便平沈是破船詩李群玉詠鷓鴣方穿詰曲崎嶇路又聽鈎輈格磔聲是梵語詩羅隱曰雲中雞犬劉安過月裏笙歌煬帝歸是見鬼詩杜荀鶴今日偶題〻似著不知題後更誰題此衛子詩也不然安有四蹄

鍾離權

邢州開元寺有唐鍾離權處士二詩其一云得道高僧不易逢幾時歸去願相從自言住處連滄海别是蓬萊第一峰其二云莫厭追歡笑語

頻尋思離亂可傷神閒来屈指從頭數得見清平有幾人

張道古

昭宗時拾遺張道古貢五危二亂表黜居于蜀後聞駕走西岐又遷東洛皆契五危之事悲歸二亂之源曰吟一章上蜀王詩曰封章才達冕旒前黜詔俄離玉座端二亂豈由明主用五危終被佞臣弾西巡鳳府非爲固東播鑾輿卒未安諫疏至今如尚在誰能更與讀来看

道古臨淄人景福中進士釋褐爲著作郎遷右拾遺播遷之後方鎮阻兵道古上危亂疏云只今劉備孫權已生於世矣謫施州司戶參軍後入蜀王氏聞而憾之乃變姓名賣卜蕖江青城市中建開國名爲武部郎中至玉壘關謂所親曰我唐室諫臣終不能拳跽與雞犬同食雖名必再貶于死之日葬我于關東不毛之地題曰唐佐輔補闕張道古墓後遇害妻亦繼亡蜀主憫之俾祔葬焉鄭雲叟在華聞之有詩哭之曰

曾陳章疏忤昭皇撲落西南事可傷豈使諫臣終屈辱直疑天道惡忠良生前賣卜居三蜀死後馳名遍大唐誰是後来脩史者言君力死正頹綱

胡曾

王衍五年宴飲無度衍自唱韓琮栁枝詞曰梁苑隋堤事已空萬條猶舞舊春風何須思想千年事惟見楊花入漢宮內侍宋光溥詠曾詩曰吳王恃霸棄雄才貪向姑蘇醉綠醅不覺錢塘

江上月一宵西送越兵来衍怒罷宴曾有詠史詩百篇行于世

伍唐珪

寒食日獻郡守云入門堪笑復堪憐三徑苔荒一釣船慙愧四隣教斷火不知廚裏久無烟

唐珪唐末進士也

終

全唐詩話卷六

宋　尤袤　著

後學　何文煥　訂

韓定辭

定辭為鎮州王鎔書記聘燕帥劉仁恭舍于賓館命幕客馬彧延接馬有詩贈韓云燧林芳草綿〻思盡日相攜陟麗譙別後巏嵍山上望羨君時復見王喬彧詩清秀然意在試其學問韓于座酬之曰崇霞臺上神仙客學辯癡龍藝冣

多盛德好将銀筆述麗詞堪與雪兒歌座賓靡不欽訝然亦疑銀筆之僻也他日或持燕帥之命答聘常山亦命定辭接于公館或從容問韓以雪兒銀管之事韓曰昔梁元帝為湘東王時好學著書常紀忠臣義士及文章之美者筆有三品或以金銀琱飾或以斑竹為管忠孝全者用金管書之德行清粹者用銀筆書之文章贍麗者以斑竹書之故湘東之譽振於江表雪兒者李密之愛姬能歌舞每見賓僚文章有奇麗

入意者即付雪兒叶音律以歌之又問癡龍出自何處定辭曰洛下有洞穴曾有人誤墮於穴中冐行數里漸見明曠見有宮殿人物凡九處又見有大羊羊髯有珠人取而食之不知何所後出以問張華華曰此地仙九館也大羊者名曰癡龍耳定辭復問彧巏嵍山當在何處彧曰此隨郡之故事何謙光而下問由是兩相悅服結交而去

同谷子

貽宗播岐何后用事有同谷子者詠五子之歌何后潛令秦王誅之事未行而奔去詩曰邦惟固本自安寧臨下長須馭朽驚何事十旬遊不反禍胎從此台殷兵酒色聲禽號四荒那堪峻宇又雕墻靜思今古為君者未或曰兹不滅亡惟彼陶唐有冀方少年都不解思量如今筭得當年事首為盤游亂紀綱明明我祖萬邦君典則貽將示子孫惆悵太康荒墜後覆宗絕祀滅其門仇讎萬姓遂無依顏厚何曾解忸怩 五子

既歌邦已失一場前事悔難追

沈彬

彬字子文高安人也天性狂逸好神仙之事少孤西遊以三舉爲約常夢著錦衣貼月而飛識者言雖有虛名不入月矣洪州解至長安初舉納省卷夢仙謡云玉殿大開從客入金桃爛熟没人偷鳳驚寶扇頻翻翅龍悟金鞭忽轉頭第二舉憶僊謡云白榆風颯九天秋王母朝回宴玉樓日月漸長雙鳳睡桑田歌變六鼇愁雲翻

簫管相隨去星觸旌幢各自流詩酒近來狂不
得騎龍却憶上清遊第三舉納省卷贈劉象一
首云曾應大中天子舉四朝風月鬢蕭疎不隨
世祖重攜劍却為文皇再讀書十載戰塵消舊
業滿城春雨壞貧居一枝何事於君惜僊桂年
年幸有餘時劉象孤寒三十舉無成主司覧彬
詩其年特放象及第彬乾符中值駕遷三峯四
方多事南遊嶺表二十餘年回吳中江南僞命
吏部郎中致仕彬詩有九衢冠蓋暗爭路四海

干戈多異心之句

周朴

朴唐末詩人寓于閩中僧寺假丈室以居不飲酒茹葷塊然獨處諸僧晨粥卯食朴亦擕巾盂厠諸僧下畢飯而退率以為常郡中豪貴設供率施僧錢朴即巡行拱手各丐一錢有以三數錢與者朴止受其一耳得千錢以備茶藥之費將盡復然僧徒亦未嘗厭也性喜吟詩尤尚苦澀每遇景物搜奇抉思日旰忘返茍得一聯一

句則欣然自快沓野逢一負薪者忽持之且厲聲曰我得之矣樵夫矍然驚駭掣臂棄薪而走遇巡徼卒疑樵者為偷兒執而訊之朴徐往告卒曰適見負薪曰得句耳卒乃釋之其句云子孫何處閒為客松栢被人伐作薪閫有一士人以朴僻于詩句欲戲之一日跨驢於路遇朴在旁士人乃欹帽掩頭吟朴詩云禹力不到處河聲流向東朴聞之忽遽隨其後且行士但促驢而去畧不迴首行數里追及朴告之曰僕詩河

聲流向西何得言流向東士人頷之而已閩中傳以為笑或曰曉来山鳥鬧雨過杏花稀亦朴詩也古陵寒雨絶高鳥夕陽明句高情千里外長嘯一聲初句

黄巢至福州求得朴問曰能從我乎答曰我尚不仕天子安能從賊巢怒殺之

孫魴

潤州金山寺張祜孫魴留詩為第一山居大江中迴然孤秀詩意難盡羅隱云老僧齋罷關門

聽不管波濤四面生孫生句云結宇孤峰上安禪巨浪間又曰萬古波心寺金山名日新天多剩得月地少不生塵過櫓妨僧定驚濤濺佛身誰言張處士題後更無人魴夜坐句云劃多灰漸冷坐久席成痕沈彬曰此田舍翁火爐頭之作爾

魴南昌人唐末鄭谷避亂歸宜春魴往依之頗為誘掖後有能詩聲終于南唐魴父画工也王徹為中書舍人草魴誥詞云李陵橋上不吟取

次之詩頗凱筆頭豈画尋常之物舫終身恨之

王易簡

易簡唐末進士梁乾化中及第名居榜尾不看榜却歸華山尋就山釋褐授華州幕職後召入拜左拾遺及辭官歸隱留詩一絶曰汨没朝班愧不才誰能低折向塵埃青山得去且歸去官職有来還自来及再召為郎遷諫垣臺閣三十年歸華山十年而終

范攄之子

吳人范攄處士之子七歲能詩贈隱者云掃葉隨風便澆花趁日陰方干曰此子他年必成名又吟夏日云閒雲生不雨病葉落非秋干曰惜哉必不享壽果十歲卒

鄭雲叟

鄭徵君爲詩皆袪淫靡迴絶囂塵如富貴曲云美人梳洗時滿頭間珠翠豈知兩片雲戴却數鄉稅有詠西施云素面已云妖更著花鈿飾臉橫一寸波浸破吳王國又七言傷時云帆力劈

開滄海浪馬蹄踏破亂山青浮名浮利過于酒
醉得人心死不醒又題霍山秦尊師云老鶴元
猿伴採芝有時長嘯獨移時翠娥紅粉嬋娟劍
殺盡世人人不知又偶題似鶴如雲一箇身不
憂家國不憂貧擬將枕上日高睡賣與世間富
貴人又思山詠曰賣丹砂下白雲鹿裘怕惹九
衢塵不如將鶴入山去萬是千非愁殺人又景
福中作云悶見戈鋋匝四溟恨無奇策救生靈
如何飲酒得長醉直到太平時節醒又招友遊

春云難把長繩繫日烏芳時偷取醉工夫任堆
金壁摩星斗買得花枝不老無又山居云閒見
有人尋移庵更入深落花流澗水明月照松林
醉勸頭陀酒閒教孺子吟身同雲外鶴斷得世
塵侵又詩云寞心棲木室散長浸流泉搖柏時
逢麝看雲忽見山夏狂衝雨戲春醉戴花眠絕
頂登雲望東都一點烟又詩不求朝野知卧見
歲華移采藥歸侵夜聽松飯過時荷竿尋水釣
背局上嵓碁祭廟人来說中原正亂離

僧子蘭

太平里尋兵部裴郎中云不語淒涼無限情荒堦行盡又重行昔年住此人何在空見槐花秋草生

僧靈澈

生于會稽本湯氏字澄源與吳興詩僧皎然遊然薦之包吉李紓以是上人之名由二公而颺貞元中遊京師緇流嫉之造飛語激動中貴人侵誣得罪徙汀州後歸會稽元和十一年終于

宣州

劉夢得曰詩僧多出江右靈一導其源護國襲之清江揚其波法振沿之如幺絃孤韻瞥入人耳非大音之樂獨吳興晝公能備衆體澈公承之至如芙蓉園新寺詩曰經来白馬寺僧到赤烏年謫汀州云青蠅為弔客黃犬寄家書可謂入作者閫域豈獨雄于詩僧間耶

九日和于使君息上京親故云清晨有高會賓從出東方楚俗風烟古汀州草木涼山情来遠

息菊意在重陽心憶華池上從容鴛鷺行

僧靈一

新泉詩云泉源新湧出洞澈映纖雲稍落芙蓉沼初淹苔蘚文了將空色淨素與衆流分若對清宵月冷然夢裏聞

劉長卿和云東林一泉水復與遠公期石淺寒流處山空夜落時夢闌聞細響慮澹向清漪動靜皆無意惟應道者知

高仲武云自齊梁以来道人為文者多矣少有

入其流一公乃能剋意精妙與士大夫更唱遞和不其偉與泉湧堦前地雲生戸外峰則道猷寶月曾何及此

靈一　大歷貞元間僧也

酬皇甫冉西陵見寄云西陵潮信滿島嶼沒中流越客依風水相思南渡頭寒光生極浦落日暎滄洲何事揚帆去空驚海上鷗

溪行即事云近夜山更碧入林溪轉清不知伏牛地潭洞何縱橫曲岸烟初合平湖月未生孤

舟屢失道但聽秋泉聲

重還宜豐寺云再尋招隱寺重會宿心期樵客問歸日山僧記别時野雲隂遠甸秋水漲前池勿謂探形勝吾今不好奇罽皇甫冉以下三章姚合取為極元集

酬皇甫冉將赴無錫于雲門寺贈别云湖南通古寺来遳意無涯欲識雲門路千峯到若耶春山孚敬宅古木謝數家自可長偕隱那云相厺賖

宿天柱觀詩云石室初投宿僊翁幸見容花源

隨水遠洞府過山逢泉湧堦前地雲生戶外峰
中宵自入定非是欲降龍

僧清江

病起云身世足堪悲空房臥病時捲簾槐雨滴
掃室竹隂移已覺生如夢那堪壽不知未能通
瀼性詎可見支離

僧廣宣

王起于會昌中放第二榜宣以詩寄賀曰從辭
鳳閣掌絲綸便向青雲領貢賓再闢文場無枉

路兩開金榜絕冤人眼看龍化門前水手放鶯
飛谷口春明日定歸台席去鶺鴒原上共陶鈞
起和云延英面奉入春闈亦選工夫亦選奇在
治只求金不耗用心空學秤無私龍門變化人
皆望鶯谷飛鳴自有時獨喜向公誰是證弥天
上士與新詩時劉夢得元微之皆和之宣與夢
得最善
還之有廣宣上人頻見過詩云三百六旬常擾
擾不衝風雨即塵埃久慙朝士無裨補空愧高

僧數往来學道窮年何所得吟詩竟日未能迴
天寒古寺遊人少紅葉窗前有幾堆

僧法振

趙使君生子晬日詩云毛骨貴天生肌膚玉雪
明見人空解笑弄物不知名國器嗟猶小風姿
望亦清抱来芳樹下時引鳳凰聲

僧皎然

僧皎然一日嘗于舟中抒思作古體十數篇求
合韋蘇州韋大不喜明日獻其舊製乃極稱賞

云何不但以所工見投而猥希老夫之意人各
有所得非卒能致晝大服其鑒裁之精
同裴録事樓上望云退食高樓上湖山向晚晴
桐花落萬井月影出重城水竹涼風起簾帷暑
氣清蕭〻獨無事曰見滋人情
皎然詩式著偷語詩例云如陳后主詩日月光
天德取傅長虞日月光太清上三字語同下二
字義同偷意詩例云如沈佺期詩小池殘暑退
高樹早涼歸取柳渾太液滄波起長楊高樹秋

偷勢詩例云如王昌齡詩手攜雙鯉魚目送千里鴈悟彼飛有適嗟此罹憂患取嵇康目送歸鴻手揮五絃俯仰自得遊心太元詩式云詩有跌宕格二品一曰越俗其道如黄鶴臨風貌逸神王杳不可覊部景純遊僊詩左把浮邱袖右拍洪崖肩鮑明遠詩舉頭四顧望但見松柏繁荆棘鬱叢〻中有一鳥名杜鵑言是古時蜀帝䰟聲音哀苦鳴不息羽毛憔悴似人髠飛走樹間啄蟲蟻豈憶往日天子尊念兹死生變化非

常理中心惻愴不能言二曰駭俗其道如楚有接輿魯有原壤外示驚俗之貌内藏達人之度郭景純遊僊詩嫦娥揚妙音洪崖頷其頤王梵志道情詩我昔未生時冥冥無所知天公強生我生我復何為無衣使我寒無食使我飢還你天公我還我未生時賀知章放達詩云落花真好些一醉一回顛盧照鄰漫作云城狐尾獨速山鬼面參覃涵沒格一品曰潛俗此道如夏姬當爐侶蕩而貞采吳楚之風雖俗而正古歌曰

華陰山頭百尺井下有流泉徹骨冷可憐女子来照影不照其餘照斜領調笑格一品曰戲俗潇書云匡鼎来解人頤葢説詩也此一品非雅作足以為談笑之資矣李白狂詠女媧弄黄土摶作愚下人散在六合間濛濛若埃塵

賦得猿啼送客三峽云萬里巴江外三聲月峽深何年有此路幾客共霑襟斷壁分垂影流泉入苦吟淒淒離别後聞此更傷心

僧文秀

端午詩云節分端午自誰言萬古傳名為屈原
堪笑楚江空浩〻不能洗得直臣冤
秀唐末詩僧也
鄭谷喜秀上人相訪有他夜松堂宿論詩更入
微之句又次韻秀上人長安寺居言懷云舊齋
松老别多年香社人稀喪亂間出寺只如趨内
殿閉門長似在深山又重訪秀上人云展畫長
懷吳寺殿宜茶偏賞霅溪泉又寄題詩僧秀公
云靈一心傳清塞心可公吟後楚公吟近來雅

道相親少惟仰吾師所得深好句未停無暇日
舊山歸老有東林吟曾羇宦甘寥落多謝攜節
數訪尋秀南僧也而居長安以文章應制故谷
送遊五臺詩云內殿評詩切身迴心未迴

僧棲白

中秋夜月云尋常三五夕不是不嬋娟及到中
秋滿還勝別夜圓清光凝有露皓色爽無烟自
古人皆玩年來更一年
哭劉得仁云為愛詩名吟到此風魂雪魄去難

招直教桂子落墳上生得一枝寃始消

僧無可

冬日寄僧友云斂屨入寒竹安禪過漏聲高杉殘葉落深井凍痕生罷磬松枝動懸燈雪屋明何當招我友乘月上方行

秋夜宿西林寄賈島云暗蟲喧暮色默思坐西林聽雨寒更盡開門落葉深昔曰京邑病併起洞庭心亦是吾兄事遲迴直至今

秋日寄厲元云楊柳起秋色故人猶未還别離

何自苦少壯豈能閒夜雨吟残燭秋城憶遠山
何當同一見語默此林間
廬山寺云千峰盤磴盡林寺昔年名岁〻入山
影房〻聞水聲多年人迹絶残月石陰清更可
求居止安閒過此生
金州别姚合云日〻西亭上春留到夏残言之
離别易允矣道途難山出一千里溪行三百灘
松閣樓月裏秋入五陵寒
姚合送無可往越州云清晨相訪門前立麻屨

方袍一少年懶讀經文求作佛願攻詩句覓成仙芳春山影花連寺獨夜潮聲月滿船今日送行偏惜別共師文字有因緣

僧懷濬

秭歸郡僧懷濬不知何所人乾寧初知來識往皆有神驗刺史于公以其惑衆繫而詰之乃以詩代通狀云家在閩山西復西其中歲歲有鶯啼如今不在鶯啼處鶯在舊時啼處啼又詰之復有詩云家在閩山東復東其中歲歲有花紅

而今不在花紅處花在舊時紅處紅守巽而釋之詳其詩意似在海中得非杯渡之流乎出北夢瑣言

僧可朋

可朋丹陵人少與盧延讓為風雅之交有詩千餘篇號玉壘集會題洞庭詩曰水涵天影闊山拔地形高贈友人曰来多不似客坐久却垂簾歐陽烱以此比孟郊賈島言其好飲酒貧無以償酒債故時賙之可朋自號醉髡贈方干詩云

月裏豈無攀桂分湖中劉愛釣魚休杜甫舊居云傷心盡日有啼鳥獨步殘春空落花寄齊己云雖陪北楚三千客多話東林十八賢劉公詩話云有詩僧讀洪州滕王閣詩謂守者詩總不佳何不除却守曰僧能佳乎即吟曰洪州太白方積翠滿空蒼萬古遮新月半江無夕陽守異之然南方浮圖能詩者多矣予嘗見可勿詩云虹收千嶂雨潮落半江天又云詩曰試客分題僻碁為饒人下著低不減古人

僧雲表

寒食詩云寒食時看部外春野人無處不傷神平原累累添新塚半是去年来哭人

僧貫休

姓姜氏字德隱婺州蘭溪人錢鏐自稱吳越國王休以詩投之曰貴逼身来不自由幾年勤苦踏林邱滿堂花醉三千客一劍霜寒十四州莱子衣裳宮錦窄謝公篇詠綺霞羞他年名上凌烟閣豈羡當時萬戶侯鏐諭改為四十州乃可

相見曰州亦難添詩亦難改然閒雲孤鶴何天而不可飛遂入蜀以詩投王建曰河北河南處處災惟聞全蜀少塵埃一瓶一鉢垂垂老千水千山得得来秦苑幽棲多勝景巴歈陳貢愧非才自慙林藪龍鍾者亦得親登郭隗臺建遇之甚厚建二年春令誦近詩時貴戚皆坐休欲諷之乃稱公子行云錦衣鮮華手擎鶻閒行氣貌多輕忽稼穡艱難總不知五帝三皇是何物建稱善貴倖皆怨之休與齊己齊名有西岳集十

卷吳融爲之序卒死于蜀

赤旃檀塔六七級白菡萏花三四枝禪客相逢只弾指此心能有幾人知石霜問云如何是此心休不能答石霜云汝問我答休即問之霜云能有幾人知

春山行云重疊太古色濛濛花雨時好山行恐盡流水語相隨黑壤生紅朮黃猿領白兒曰思石橋月曾與道人期

晚泊湘江懷古云煙浪漾秋色高吟似得鄰一

輪湘渚月千古獨醒人岸濕穿花遠風香禱廟
頻只應諛佞者到此不傷神
天台老僧云獨住無人處松龕岳雪侵僧中九
十臘雲外一生心白髮垂不剃青眸笑更深猶
能指孤月為我暫開襟
寒思廬山賈生云山深詩僻甚寒夜更何為覓
句如頑坐嚴霜打不知石膏黏木履崖栗落冰
池近見禅僧說生涯勝往時
題嶧桐律師禅院云律中麟角者高負出塵埃

芳草不曾觸幾生如此来壑風吹磬斷杉露滴
花開如結林中社伊余須一陪
言詩云經天緯地物動必是仙才竟日覔不得
有時還自来真風含素長秋色入靈臺吟向霜
蟾下終須神鬼哀
休糧僧云不食更何求自由中自由身輕嫌衲
重天旱爲民愁供罷誰將去生臺螘不遊會須
傳此術帰去老林邱
詎是言休即便休清吟孤坐碧溪頭三間茅屋

無人到十里松門獨自遊明月清風宗炳社夕陽秋色庾公樓脩心未到無心地萬種千般逐水流

心心心不住希夷石室巉嵓白髮垂惜竹不除當路笋愛松留得礙人枝爇香開卷雲生砌捲箔宴心月在池無限故人頭盡白不知頭白更何之

古意云乾坤有清氣散入詩人脾聖賢遺清風不在惡木枝千人萬人中一人兩人知憶在東

溪日花開葉落時幾擬以黃金鑄作鍾子期

僧齊己

自古浮華能幾幾逝波今日去滔滔漢王廢苑生秋草吳主荒宮入夜濤滿屋黃金機不息一頭白髮氣猶高豈知物外金仙子甘露天香滴毳袍

戊辰歲湖中寄鄭谷郎中云白髮久慵簪常聞病亦吟瘦應成鶴骨閒想侶禪心上國楊花亂滄洲荻筍深不堪思翠華西望獨沾襟

山寺喜道士至云閏年春過後山寺始花開還有無心者閒尋此境来鳥幽聲忽斷茶好味重迴知在南嵓久冥心坐緑苔

登祝融峯云猨鳥共不到我来身欲浮四邊空碧落絶頂正清秋宇宙知何極華夷見細流壇西獨立久斜日轉神州

宿簡寂觀云萬壑雲霞影千峰松桂聲如何教下士容易信長生月共虛無白香和沆瀣清閒尋古廊画記得列仙名

僧栖蟾

短歌行云蟾光堪自笑浮世懶思量身得幾時活眼開終日忙千金無壽藥一鏡有愁霜早向塵埃外光陰任短長

僧清塞

贈王道士云藥力資蒼鬢應非舊日身一為嵩岳客幾墾頴陽人氷縫瓢採水雲根谷劚薪關西往来熟誰得水銀〻

贈幼郡法師云北京從別後南越幾聽砧住久

白髭出講長黄葉深香連鄰舍像磬徹遠巢禽
寂寞應闗道何人見此心
送耿逸人南帰云南行隨越僧舊業一池菱兩
鬢已如雪五湖帰挂罾夜濤鳴柵鎖寒葦露船
燈此去應無事却来期未能
早秋過部劲書齋云暑消岡舍清閒坐有餘情
石水生茶味松風減扇聲遠雲收海雨静角掩
山城此地清吟苦時来遶菊行
送康洺帰建業云南朝秋色滿帰去思如何帝

業空城在民耕壞塚多月明臺獨上栗綻寺頻
過籬下西江闊相思見白波
贈栢嵓禅師云野寺絶依念空山曽偏行老来
披衲重病起讀經生乞食嫌村遠尋溪愛路平
多年栢嵓住不記栢嵓名
贈胡僧云瘦形無血色草履著從穿閒語似持
咒不眠同坐禅背經来漢地袒膊過冬天情性
人難會遊方應信縁
贈絶粒僧云一齋難過日況復更休糧養力時

行道聞鐘不上堂惟留煨藥火不寫化金方舊有山廚在從僧請作房

晚秋江館云病寄泗州居帶城傍門高柳一蟬鳴澄江月上見魚擲荒徑葉乾聞犬行越嶠夜無侵閣色寺鐘涼有隔原殻故園賣盡休歸去湖水秋来空自平

贈李道士云布褐高眠石竇春迸泉多濺黑紗巾昂頭説易當閒客落手圍棊對俗人自笑天年窮甲子誰同雨夜守庚申擬歸太華何時去

他日相逢乞藥銀

秋日同朱慶餘懷少室舊隱云曾居少室黃河畔秋夢長懸未得迴扶病十年離水石思歸一夜隔風雷荒齋幾度僧眠起晚菊頻經塵路来燈下此心誰共説傍松幽徑已多苔

師東洛人姓周氏少從浮圖法遇姚合而反乃易名賀初與賈長江無可齊名賀哭栢嵒師云林徑西風急松枝構杪餘凍髩亡夜剃遺偈疾時書地燥熱身後堂空卧影初此時頻下淚曾

省到吾廬時島亦有詩云苔覆石床新師曾過
幾春寫留行道影焚却坐禪身塔院關松雪經
房鎖隙塵自嫌雙淚下不是解空人時謂相併
云
兩鬢已垂雪五湖歸釣魚句送人夜濤鳴柵鎖寒
葦露船燈句石水生茶味松風滅扇聲句磬徹
遠巢禽句伊流背行客岳響答清猨句
唐有周賀詩即清塞也秋宿洞庭云洞庭秋葉
下旅客不勝愁明月天涯夜青山江上秋一官

成白首萬里寄滄洲只被浮名繫寧無愧海鷗

巴陵秋思云楊柳已寒色楚田方刈禾歸心病起切敗葉夜来多細雨城蟬噪殘陽嶠客過故鄉餘業在杳隔洞庭波

岳陽樓云平楚起寒色杪秋猶未還世情何處淡湘水向人間空翠隱高鳥夕陽歸遠山孤舟萬里外惆悵洞庭間　三詩作周賀

僧文益

看牡丹云擁毳對芳叢由來趣不同髮從今日

白花是去年紅艷色隨朝露馨香逐晚風何須待零落然後始知空

僧脩睦

秋日閒居云是事不相關誰人侶此閒捲簾當白晝移榻對青山野鶴眠松上秋苔長雨間嶽僧頻有信昨日得書還

睡起作云長空秋雨歇睡起覺清神看水看山坐無名無利身偈吟諸祖意茶碾去年春此外誰相識孤雲到砌頻

題東林云欲去不忍去徘徊吟繞廊水光秋淡蕩僧好語尋常碑古苔文疊山晴鐘韵長翻思南嶽上欠此白蓮香

僧景雲

畫松云畫松一佀真松樹且待尋思記得無曾在天台山上見石橋南畔第三株

僧可止

哭賈島云燕生松雪地蜀死塟山根詩癖降今古宮卑誤子孫塚欄寒月色人哭苦吟魂暮雨

滴碑字年〻添蘚痕

僧卿雲

長安言懷寄沈彬侍郎云故園梨嶺下歸路接
天涯生作長安草勝為邊地花鴈南飛不到書
北寄来賖堪羨神仙客青雲早致家

舊國里云舊居梨嶺下風景近炎方地暖生春
早家貧覺歲長石房雲過濕松徑雨餘香日久
竟無事詩書聊自彊

僧處默

題聖果寺云路自中峰上盤迴出薜蘿到江吳
地盡隔岸越山多古木叢青靄遙天浸白波下
方城郭近鐘磬雜笙歌
螢云熠〻與娟〻池塘竹樹邊亂飛如拽火成
聚却無烟徹雨灑不滅輕風吹欲然昔時書案
上頻把作囊懸
遠烟云靄〻前山上凝光滿薜蘿高風吹不斷
遠樹得偏多翠與晴雲合輕將淑氣和正堪流
野目休問意如何

織婦云蓬髩蓬門積恨多夜闌燈下不停梭成
縑猶自陪錢納未值青樓一曲歌

僧澹交

病後作云未得身亡法此身終未安病腸猶可
洗瘦骨不禁寒藥少心神餌經無氣力看悠悠
片雲質獨坐夕陽殘
寫真云圖形期自見自見却傷神已是夢中夢
更逢身外身水花凝幻質墨彩聚空塵堪笑余
兼爾俱為未了人

僧若虛

古鏡云軒后洪爐獨鑄成鮮痕磨落月輪呈萬般物象皆能鑒一個人心不可明匣內乍開鸞鳳活臺前高挂鬼神驚百年肝膽堪將比只怕頻看素髮生

僧曇域

贈島雲禪師云遠菴枯葉滿羣鹿亦相隨頂骨生新髮庭松長舊枝禪高太白月行出祖師碑亂後潛來此南人總不知

僧懷浦

初冬旅舍早懷云枕上角聲微離情未息機夢回三楚寺寒入五更衣月沒棲禽動霜晴凍葉飛自慙于役早深與道相違

僧慕幽

燈云鐘斷危樓鳥不飛熒熒何處最相宜香然水寺僧閑卷筆寫春闈客著詩忽爾思多穿壁處偶然心盡斷纓時孫康勤苦誰留念少減餘光借與伊

僧尚顔

寄陳陶處士云鍾陵城外住喻侶玉沉泥道直貧嫌殺神清語亦低雪深加酒債春盡減詩題記得曾遊宿山茶又更攜

開元宮人

開元中賜邊軍纊衣製于宮中有兵士於短袍中得詩曰沙場征戍客寒苦若為眠戰袍經手作知落阿誰邊蓄意多添線含情更著綿今生已過也重結後生緣兵士以詩白帥〻進呈元

宗以詩徧示宫中曰作者勿隱不汝罪也有一宫人自言萬死上深憫之遂以嫁得詩者謂曰吾與汝結今生緣邊人感泣

崔氏

盧校書年暮娶崔氏結褵之後爲詩曰不怨盧郎年紀大不怨盧郎官職卑自恨妾身生較晚不及盧郎年少時

劉氏

杜羔不第將至家其妻劉氏先寄詩云良人的

的有奇才何事年年被放回如今妾面羞君面君若来時近夜来羔即回尋登第又寄詩云長安此去無多地鬱鬱蔥蔥佳氣浮良人得意正年少今夜醉眠何處樓或云趙氏

薛媛

濠梁南楚材旅游陳頴受頴牧之眷無返舊意其妻薛媛寫真寄之曰欲下丹青筆先拈寶鏡端已驚顏索寞漸覺鬢凋残淚眼描将易愁腸寫出難恐君渾忘却時展画圖看夫婦遂偕老

焉時人嘲之曰當時婦棄夫今日夫棄婦若不逞丹青空房應獨守雲溪友議

李季蘭

寄韓校書云無事烏程縣蹉跎歲月餘不知芸閣吏宲寞意何如遠水浮仙棹寒星伴使車曰過大雷岸莫忘八分書

季蘭五六歲其父抱於庭蘭作詩詠薔薇云經時未架却心緒亂縱橫父恚曰此必為失行婦也後竟如其言

高仲武云士有百行女有四德季蘭則不然形器既雌詩意亦蕩自鮑令暉以下罕有其倫如遠水浮仙棹寒星伴使車此五言之佳境也上方班婕妤則不足下比韓蘭英則有餘不以遲暮亦一儁異劉長卿謂季蘭爲女中詩豪

如意中女子

如意中女子年九歲能吟詩則天試之皆應聲而就其兄辭去則天令作詩送兄遂賦云別路雲初起離亭葉正飛所嗟人異鴈不作一行歸

魚元機

元機咸通中西京咸宜觀女道士也字幼微善屬文其詩有綺陌春望遠瑤徽秋興多又殷勤不得語紅淚一雙流又焚香登玉壇端簡禮金闕又雲情自鬱爭同夢仙貌長芳又勝花後以笞殺女童綠翹事下獄〻中有詩云易求無價寶難得有情郎又云明月照幽隙清風開短襟

僖宗宮人

唐僖宗自內出袍千領賜塞外吏士神策軍馬

真於袍中得金鎖一枚詩一首云玉燭製袍夜金刀呵手裁鎖寄千里客鎖心終不開真就市貨鎖爲人所告主將得其詩奏聞僖宗令赴闕以宮人妻真後僖宗幸蜀真晝夜不解衣前後捍禦

張建封妓

樂天有和燕子樓詩其序云徐州張尚書有愛妓盼〻善歌舞雅多風態余爲校書郎時遊淮泗間張尚書宴余酒酣出盼〻以佐飲歡甚余

曰贈詩落句云醉嬌勝不得風嫋牡丹花盡歡而去爾後絶不復知茲一紀矣昨日司勳員外郎張仲素繪之訪余曰吟新詩有燕子樓詩三首詞甚婉麗詰其由乃盼盼所作也繪之從事武寧軍累年頗知盼盼始末云張尚書既沒彭城有張氏舊第中有小樓名燕子盼盼念舊愛而不嫁居是樓十餘年于今尚在盼盼詩云樓上殘燈伴曉霜獨眠人起合歡床相思一夜情多少地角天涯未是長又云北邙松栢鎖愁煙

燕子樓中思悄然自埋劍履歌塵散紅褭香消
一十年又云適看鴻鴈岳陽回又覩元禽逼社
来瑶瑟玉簫無意緒任從蛛網任從灰余嘗愛
其新作乃和之云滿窓明月滿簾霜被冷燈殘
拂卧床燕子樓中寒月夜秋来祇為一人長鈿
帶羅衫色似煙幾回欲起即潸然自從不舞霓
裳曲疊在空箱十二年又今春有客洛陽迴曽
到尚書墓上来見説白楊堪作柱争教紅粉不
成灰又贈之絶句黄金不惜買蛾眉揀得如花

四五枝歌舞教成心力盡一朝身去不相隨後仲素以余詩示盼〻乃反覆讀之泣曰自公薨背妾非不能死恐百載之後以我公重色有從死之妾是玷我公清範也所以偷生耳乃和云自守空樓斂恨眉形同春後牡丹枝舍人不會人深意訝道泉臺不去隨盼〻得詩後怏〻旬日不食而卒但吟云兒童不識沖天物漫把青泥汙雪毫 出長慶集

女郎宋若照

若照貝州人父廷芬生五女皆警慧善屬文長若莘次若照若倫若憲若荀若照尤高皆性素潔鄙薰澤靚粧不願歸人欲以學名家家亦不欲與寒鄉凡裔為姻對貞元中昭義節度使李抱真表其才德宗詔入禁中試文章并問經史大義帝咨美悉留宮中帝能詩每與侍臣賡和五人者皆與又高其風標不以妾侍命之呼學士自貞元七年秘禁圖籍詔若莘總領元和末卒後穆宗拜若照尚宮嗣其秩歷穆敬文三朝

皆呼先生若憲文宗時以讒死倫荀蚤卒廷芬男獨愚不可教為民終身

女郎張窈窕

寄故人云澹澹春風花落時不堪愁望更相思無金可買長門賦有恨空吟團扇詩

女郎劉媛

學畫蛾眉獨出羣當時人道便承恩經年不見君王面花落黃昏空掩門

鶯鶯

鶯〻姓崔氏有張生者託其婢紅娘以春詞二篇誘之崔答曰待月西廂下迎風戶半開拂墻花影動疑是故人来張喜其意既遇而別崔命琴鼓霓裳羽衣之曲張文戰不利崔貽書以廣其意又有竹茶碾亂絲之贈曰淚痕在竹愁緒縈絲曰物達情永以為好楊巨源元稹善張生見其意歎賞之巨源賦崔娘一篇云清潤潘郎玉不如中庭蕙草雪消初風流才子多春思腸斷蕭娘一紙書元稹亦續生會真詩三十韻張

後以為妖於身也絶之既而崔託其所親潛寄
一詩云自從消瘦減容光萬轉千回懶下床不
為旁人羞不起曰郎顦顇却羞郎張將行賦一
章以絶之云棄置今何道當時且自親還將舊
来意憐取眼前人自是遂絶

不知名

江陵有士子遊交廣五年未還愛姬為太守所
取納於高麗坊邸及歸寄詩曰陰雲羃羃下陽
臺惹著襄王更不回五度看花空有淚一心如

結不曾開纖蘿自合依芳樹覆水寧思反舊杯惆悵高麗坊邸宅春光無復下山來守遂遣還有爲御史分務洛京者其愛姬爲李逢吉一閱遂不復出明日以詩投之云三山不見海沉沉豈有仙蹤尚可尋青鳥去時雲路斷嫦娥歸處月宮深紗窻暗想春相憶書幌誰憐夜獨吟料得此時天上月只應偏照兩人心李得詩含笑曰大好詩遂絕

唐人及第後或遇舊題名處即加前字故詩曰

曾題名處添前字送出城人乞舊詩姚合及第後詩云新銜添一字舊㕛讓前途長安木塔院有進士房魯題名處
有人題詩曰姚家新婿是房郎未解芳顏意欲
狂見說正調穿羽箭莫教射破寺家墻
丹陽焦山瘞鶴銘小碣刻詩云江外水不凍今
年寒苦遲三山在何處欲到引風帰後題云丹
陽掾王瓚作後復題小石云縱步不知遠夕陽
猶未回好花隨意發流水逐人来不知誰爲之
忽聞天子訪沉淪萬里懷書西入秦早知不用

無媒客恨別江南楊柳春

奇鯤南詔大酋之心膂也僖宗時來朝高駢自淮海飛章曰蠻酋用事惟奇鯤等數人請止而鴆之帝用其策奇鯤有詞藻途中詩云風裏浪花吹又白雨中峰影洗還青沙鷗聚處窓前見林狖啼時枕上聽 出瑣言

雜詞云勸君莫惜金縷衣勸君須惜少年時有花堪折直須折莫待無花空折枝

空賜羅衣不賜恩一薰香後一消魂雖然舞袖

何曾舞長對春風裛淚痕
眼想心思夢裏驚無人知我此時情不如池上
鴛鴦鳥雙宿雙飛過一生
鶯啼露冷酒初醒罨畫樓西曉角鳴翠羽帳中
人夢覺寶釵斜墮枕函聲
兩心不語暗知情燈下裁縫月下行〻到堦前
知未睡夜深聞放剪刀聲
乾符末有客訪僧〻却之題門而去云龕龍去
東海時日隱西斜敬文今不在碎石入流沙忽

一僧曰大罵我曾乃合寺苟卒四字

權龍褒（褒一作襄）

景龍中爲左武衛將軍好賦詩而不知聲律中宗與學士賦詩輒自預焉帝戲呼爲權學士初以親累遠貶洎歸獻詩云龍褒有何罪天恩放嶺南敕知無罪過追來與將軍上大笑嘗吟夏日詩嚴霜白皓〻明月赤團〻或曰豈是夏景答曰趂韻而已通天中刺滄州初到呈同官曰遥看滄州城楊柳鬱青〻中央一羣漢聚坐打

杯觥諸公謝曰公有逸才曰不敢迹韻而已嘗作秋日詠懷詩曰檐前飛七百雪白後園僵飽食房裏側家糞集野蜋叅軍不曉問之權曰鷄子簾前飛直七百洗衫挂後園白如雪飽食房中側卧家裏便轉集得野澤蜣蜋聞者笑之始賦夏日嚴霜明月之句乃皇太子宴賦詩太子援筆譏之龍褒才子秦州人氏明月晝耀嚴霜夏起如此詩章迹韻而已

龍褒爲瀛州刺史歲暮京中人附書云改年多

感乃将書呈判司以下云有司改年爲多感元年一日謂府吏何名私忌對曰父母亡日請假偶房中靜坐有青狗突入大怒曰衝破我忌日更牒改到明日好什忌日談者笑之

終

ISBN 978-7-5010-6441-0
9 787501 064410 >
定價：198.00圓（全二册）